좋아하는 게 너무 많아도 좋아

* 이 도서의 국립중앙도서관 출판예정도서목록(CIP)은 서지정보유통지원시스템 홈페이지(http://seoji.nl.go.kr)와 국가자료공동목록시스템(http://www.nl.go.kr/kolis-net)에서 이용하실 수 있습니다. (CIP제어번호: CIP2019027702)

좋아하는 게 너무 많아도 좋아

조영주

성공한 덕후의 자존충만 생활기

Lik-it

빨랫줄에 대롱대롱

중학교에 들어가기 전까지 나는 모든 사람이 글을 쓰는 줄 알았다. 정확히 말하자면, 글을 써야만 돈을 벌 수 있는 줄 알았다.

그런 인식이 깨진 건 중학교에 들어가고 얼마 후였다. 은행에 다니는 아버지를 둔 친구의 집에 놀러간 날의 일이다. 친구의 아버지는 퇴근하자마자 옷을 갈아입고 소파에 뻗었다. 그러고는 줄곧 텔레비전을 봤다. 나는 그런 친구의 아버지를 멍하니 바라보다가 친구에게 물었다.

"너희 아버지는 글 안 써?"

"안 쓰는데. 너희 아버지는 글 써?"

나를 희한하다는 듯 바라보던 친구의 표정이 아직도 눈에 선하다. 이후 나는 인간을 크게 두 분류로 나눴다. 글을 쓰는 사람과 글을 쓰지 않는 사람. 얼마 지나지 않아 나는 이 분류에 한 가지를 더 추가하게 된다. 글을 쓰는 사람과 글을 쓰지 않는 사람, 그리고 글을 읽는 사람.

내가 다니던 중학교에는 반마다 한 명씩 왕따가 있었다. 키가 크고 못생긴 데다 핀트가 맞지 않은 말을 자주 했던 나는 그 자리를 쉽게 선점(?)할 수 있었다. 어딜 가도 혼자다 보니 자연스레 글로 숨어들었다. 읽고 쓰는 행위는 친구 한 명 없는 현실보다 즐거웠다.

중학교를 졸업하며 왕따도 졸업했다. 하지만 괜히 세 살 버릇 여든까지 간다는 말이 나온 게 아니었다. 버릇은 쉽사리 고쳐지지 않았다. 일단 누군가 내게 친구 하자고 다가오면 경계부터 했다. 친구를 만드느니 그냥 어딘가에 처박혀서 안전하게 책이나 읽는 게 낫다고 여겼달까.

결과적으로는 좋은 일이었다. 책 속에서 많은 걸 발견했다. 대부분은 관념적인 단어였다. 희망, 긍정, 살아도 괜찮다는 메시지, 너는 있는 그대로 사랑스럽다는 말. 아포리즘에서 위안을 받아 띄엄띄엄 메모를 했다. 단상을 적었다. 그럴 때마다 내 인생 최초의 기억이 함께했다.

빨랫줄에 대롱대롱 매달린 아버지의 만화 원고.

어린 시절, 우리 가족은 서울 중곡동의 어느 반지하 단칸방에 세 들어 살았다. 이때도 아버지는 만화를 그렸다. 장마철이 오면 아버지는 먹칠한 만화 원고를 빨랫줄에 매달아 말렸다. 나는 모빌 대신 아버지의 만화 원고를 보며 잠이 들곤 했다. 기억 속 원고는 늘 반짝반짝 빛난다. 그건 세상의 무엇보다 아름답고 신비한 것이다.

나는 여전히 바란다. 나의 글 역시 누군가에겐 빨랫줄에 매달린 만화 원고처럼 보이길, 길을 잃었을 때 방향을 알려주는 북극성이 되어주길, 하고 말이다.

그래서 나는 지금도 읽고 쓴다.

2019년 여름

조영주

차례

I

성덕의 일상생활

2
성덕의
문화생활

#3
성덕의 창작 생활

I

성덕의 일상 생활

모드 할머니 같은 그림을 그리고픈 저녁

가을이 되자 엄마가 바빴다. 뒷산을 훌쩍 넘더니 알밤부터 시작해 모과까지 주워 왔다. "이건 작두로 잘라야 하는데"라며 바닥에 도마를 꺼내 놓고 탁탁 소리가 나게 식칼로 모과를 잘랐다.

나는 모과는 안중에 없고 층간소음부터 걱정해서 "그거 시끄럽게, 엄마. 식탁에서 하시지"라고 잔소리를 했다. 엄마는 내 말쯤 귓등으로 흘렸다. 그러고 보니 10월 내내 위층 아래층이 매일같이 탁탁, 비슷한 소리가 났다. 집집마다 사정이 비슷해서 엄마, 할머니 들이 모과를 자르는 소리였을까. 어쩌면 그 집에는 작두가 있을지도 모르겠고.

그렇게 담근 모과차는 매우 맛있었다. 동생이 놀러 와서 저녁 먹고 입가심으로 한 잔 마셨다가 "오늘 먹은 것 중 이게 제일 맛있다!"라며 놀랄 정도였다.

새벽, 엄마가 만든 모과차와 함께 《내 사랑 모드》를 읽었다. 이 책에는 모과청 담그는 풍경과 비슷한 이야기가 가득하다. 작년 영화(〈내 사랑〉)로 봤을 때도 느꼈지만, 모드 할머니의 남편은 보통 구두쇠가 아니다. 공짜면 양잿물도 마신다는 말이 떠오를

탁!
탁!
탁!
124
이게 무슨 소리지??
우리집도 소리가 나네?!
탁!
702
삑
탁!
*설탕
모과를 써는 소리였군
모과차 만들게?
킁킁
응 이제 네가 썰어라
힘들다

정도로 늘 뭔가를 하염없이 줍고 고치며 살아간다. 모드 할머니가 평생 그린 그림값 역시 남편은 어디다가 잘 모아놨다. 그런데 모드 할머니가 돌아가신 후 집에 이 돈을 노린 강도가 들었고, 그때 할아버지가 돌아가시며 결국 문제의 돈은 찾지 못했다고.

그 돈은 다 어디로 갔을까.

할아버지에게 돈은 쓰는 것이 아니라 모으는 것이었다. 살아가는 것도 그런 일이 아닐까. 줍고 모으고 쓸 만하게 잘 다듬어서 내 것으로 만들어가는 것. 그게 살아가는 것일 수도. 하지만 모드 할머니가 열심히 벌었던 돈은 어떻게 좀 찾아서 사회에 환원할 수 있다면 좋을 것 같은데.

어쩐지 모드 할머니 같은 그림을 그리고 싶어지는 저녁이다.

☽

파란 달걀

엄마는 취미가 여행이다. 특히 당일치기를 좋아해서 종종 새벽같이 일어나 나갔다가 꼬박 하루를 놀고 밤늦게 돌아온다. 그런 엄마가 이번엔 양평에 다녀왔다. 무슨 오일장인가에 들렀다가 달걀을 한 꾸러미 사 오셨는데, 들어오자마자 하는 이야기가 "야, 사진 안 찍냐? 블로그 올리지?"였다. 나는 무슨 바람이 들어 우리 모친이 내 블로그를 다 챙겨주나 했다가 계란을 보고 "응?" 했다.

"계란이 파란색이네?"

양평 시장에서 산 방생란, 즉 닭장에 안 사는 닭이 낳은 달걀이란다. 하지만 색깔 외에 뭐가 그렇게 다를까 싶어 바라보고 있노라니 엄마가 안방에 들어가며 덧붙이듯 속삭였다.

"그거, 만 원이다."

나는 계란을 세어봤다. 하나, 둘, 셋…… 열. 열 개에 만 원이라고? 개당 1000원. 1000원이면 내가 뭘 할 수 있더라? 무슨 달걀이 그렇게 비싼가 하면서도 다음 날 아침 일어나자마자 커피를 한 잔 내리고 계란 프라이를 준비했다.

\\\

고등학생 시절이었던가, 실험을 할 때엔 대상인 실험군 외에 대조군이 있어야 한다는 이야기를 들었던 것 같다. 불현듯 이를 떠올리고는 얼마 전 마트에서 사 온 달걀을 꺼냈다. 그리고 면밀한 조사에 착수했다.

일단 크기. 비교해보니 엄마가 사온 달걀이 마트 달걀보다 손톱 하나만큼 키가 작았다. 그리고 중량. 손에 쥐었을 때의 느낌이 뭐랄까, 좀 더 가벼웠다. 다음으로 프라이팬을 달군 후 기름을 붓고, 두 개를 차례로 깼다. 그랬더니 차이가 확연했다. 엄마가 사온 달걀의 노른자는 작고 단단한 느낌인데 반해 마트 달걀노른자는 좀 더 크고 물렀다. 주니어 플라이급과 헤비급 정도의 차이.

와, 이렇게 눈에 띄는 차이가 있다는 것에 흥미진진해하며 소금 간도 하지 않고 노른자를 터뜨려 양면을 익힌 후 접시에 담아냈다. 맛 역시 확실히 차이가 났다. 마트 계란은 밍밍했지만 방생란은 소금을 치지 않아도 고소했다. 이래서 먹나, 생각하며 야금야금 먹어치웠다.

성은 개요, 이름은 몽돌입니다

개몽돌 씨는 2011년 4월 14일생이다. 태어나고 반년 후 우리 집에 왔다. 개몽돌 씨는 2퍼센트 부족한 개였다. 피부병이 있어 몇 번이고 파양을 당했다. 그래서 그런가, 우리 집에 오고도 늘 눈치를 봤다. 한 줌도 되지 않을 몸으로 부들부들 떨고 비틀거리며 돌아다녔다.

나는 그런 개몽돌 씨에게 관심을 갖지 않았지만 개몽돌 씨는 내게 관심을 보였다. 넓은 거실을 두고 하필 내 방에 들어오더니 무릎에 올라오겠다고 아등바등했다. 나는 이거 왜 이러나 하면서도 개몽돌 씨를 들어올렸다. 이내 개몽돌 씨는 글을 쓰는 내 무릎 위에서 잠이 들었다. 나는 개몽돌 씨가 귀찮으면서도 왠지 내려놓으면 안 될 것 같아 조심스레 타자를 쳤다. 개몽돌 씨는 그 타자 소리가 마음에 들었는지 코까지 골았다.

이후 개몽돌 씨는 우리 집 개가 되었다.

행운의 마스코트

성은 개요, 이름은 몽돌인, 이른바 개몽돌 씨와 함께 산 지 어느덧 9년째다. 생각해보면 그 햇수는 내가 작가로 데뷔해서 지금껏 글을 써온 세월과도 정확히 일치한다.

개몽돌 씨가 왔을 때, 나는《트위터 탐정 설록수》를 썼고, 같은 해 12월,《홈즈가 보낸 편지》로 정식 데뷔를 했다. 그래서 가끔 그런 생각을 했다. 어쩌면 개몽돌 씨는 내 행운의 마스코트 아닐까?

그것까진 모르겠지만, 개몽돌 씨는 깨달음을 주긴 한다. 예를 들어, 개몽돌 씨는 내게 사과하는 법을 가르쳐줬다. 일단 집 밖으로 데리고 나가면 개몽돌 씨는 좌충우돌, 제멋대로 뛰어다닌다. 그러다 보니 사람들은 "엄마야!" "세상에!" 비명을 지르고, 나는 그때마다 연신 "죄송합니다!"를 외친다. 처음엔 '왜들 놀라고 난리야? 아니 개가 그냥 뛰어다니는 건데?'라는 마음도 있었으나, 계속 개몽돌 씨와 함께 돌아다니다 보니 알겠다. 상대가 놀라거나 당황하는 건 내 마음대로 할 수 없는 일이라는 걸. 나는 내가 할 수 있는 일을 할 수 있을 뿐이다. 문제는, 개몽돌 씨 역시 어찌 마음대로 할 수 있는 상대가 아니다 보니 함께 다니는 내 입장에서 할 수 있는 유일한 일은 "사과"밖에 없다는 걸 깨달았달까.

그리고 얼마 지나지 않아 또 깨달았다. 아, 이런 일은 일상에서 비일비재하구나. 상대의 마음은 상대의 마음, 나는 "사과하는 일"밖에 할 수 없는 입장에 서곤 하는구나, 하고 말이다.

얼른 적응을 해야 할텐데…
8년 전
부들 부들
덜덜
킁킁
나한테 관심이 있나보군
응? 올라올래?
현재
톡 톡

옥수수를 달라는 개몽돌 씨의 간절한 눈빛에 영국 드라마 〈루터〉를 보다 말고 옥수수를 먹는다. 개몽돌 씨는 옥수수를 소화하지 못하는 관계로 나는 일일이 옥수수를 씹어서 뱉은 후 접시에 담아준다. 언젠가 대충 줬다가 엄마가 개몽돌 씨 응가에 섞여 나온 옥수수 알갱이를 보고는 저거 어쩔 거냐고 씹어 먹이라고 한 뒤로 75퍼센트쯤 효녀인 척하는 나는 그대로 따르고 있다.

개몽돌 씨랑 옥수수를 나눠 먹고 나자 갑자기 또 변덕이 도져서 한참 잘 보던 드라마를 저만치 멀리 둔다. 간밤, 태블릿 충전하는 걸 잊은 탓에 배터리가 17퍼센트밖에 안 남은 것이 마음에 걸리기도 하여, 일하는 척 빌려 온 에세이 더미를 뒤적인다. 엄청난 판매고를 기록한 책을 들여다보자면 에세이란 건 이렇게 써야 하는 건가 싶고. 소설을 쓰면서도 소설이 뭔지 잘 모르겠는 나는, 에세이를 쓰자니 에세이도 뭔지 잘 모르겠다. 소설도 잘 모르면서 장님 코끼리 더듬듯 쓰고 있으니, 에세이도 그렇게 쓰지 않으려나. 어쨌든 누군가 내 책을 펴들었을 때 끝까지 읽어보고 싶다는 생각이 들게 하는 게 정답이겠거니 하지만서도, 일단 지금은 놀 거다. 최선을 다해서 전심전력으로.

백수는 이런 게 좋다. 뭐 좀 하다가 귀찮으면 딴짓을 하다가 딴짓조차 싫어지면 냅다 잔다. 물론, 나는 매우 자주 여러 가지가 귀찮아지는 성격이라 다양한 놀거리를 지근지처에 두고 발꼬락으로 툭툭 건드려 시비를 걸었다가 데굴데굴 굴렀다가를 반복한다.

어쨌든 오늘은 분갈이에 성공했으니 2퍼센트쯤 성실한 걸로 친다.

\\\

☽

매일 밤 카페를 닫을 때마다

집 앞에 생긴 카페에 드나들기 시작한 것이 인연이 되어 바리스타가 됐다. 처음 카페에 갔을 때 주문한 건 커피가 아니라 생과일주스 세 잔이었다. 나는 이 세 잔을 받자마자 다 마셔버렸다. 그러고는 한참 울었다. 당시 내 안엔 정체를 알 수 없는 것이 응어리져 있었다. 한마디로 표현하자면…… 글쎄, 뭐라고 해야 할까. 절망이라고 하기엔 얕고 우울이라고 하기엔 무거운 무언가였던 것 같긴 한데.

류시화는 《새는 날아가면서 뒤돌아보지 않는다》(더숲, 2017)에서 말한다.

> **투우장 한쪽에는 소가 안전하다고 느끼는, 사람들에게는 보이지 않는 구역이 있다. 투우사와 싸우다가 지친 소는 자신이 정한 그 장소로 가서 숨을 고르며 힘을 모은다. 기운을 되찾아 계속 싸우기 위해서다. 그곳에 있으면 소는 더 이상 두렵지 않다. 소만이 아는 그 자리를 스페인어로 케렌시아(Querencia)라고 부른다. 피난처, 안식처라는 뜻이다.**(12쪽)

투우장에 나서는 황소는 케렌시아를 정한다. 궁지에 몰렸을 때 그곳으로 도망치면, 황소는 무적이 된다. 이날 이후 집 앞 카페는 내게 그런 곳이 됐다. 숨이 막힐 것 같은 기분이 치밀어오를 때면 카페로 나갔다. 그곳에서 언니와 이야기를 나누기도 하고, 때로는 아무 말 없이 일을 돕거나 청소를 했다. 그러다 정신을 차려보니 나는 커피를 뽑고 있었다. 토스트를 굽고, 생과일주스를 만들다 15년이 흘렀다.

문 닫는 시각까지 카페를 나서지 못하는 손님을 보노라면 왠지 쓸쓸하다. 그들의 얼굴엔 가끔 농밀한 감정이 묻어난다. '고르는 메뉴는 각기 다르지만 사실 그들이 원한 건 메뉴에 없는 케렌시아가 아니었을까' 같은 생각이 들면 착잡하다.

그렇다고 헤밍웨이 소설 속 웨이터처럼 퇴근한 카페를 나서 남의 카페를 찾지는 않는다. 나는 그 정도로 늙지는 않았으니까. 졸리지도 않다. 그 정도로 젊지 않으니까. 어중간한 나이의 나는 편의점으로 향한다. 요즘 대세인 볶음너구리와 삼각김밥 두 개 묶음을 산다. 볶음너구리에는 너구리 얼굴 모양의 고명이 들어 있다. 집에 들어가자마자 잔인하게 이 너구리 얼굴 고명과 면을 볶아 먹자니 얼마 전 봤던 만화가 떠오른다. 《수고했으니까, 오늘도 야식》.

이 만화에는 아마도 일본에만 있을 법한(적어도 우리 집 근처에서는 못 본) 라멘 트럭 이야기가 나온다. 밤에 트럭으로 주택가를 돌며 파는 라멘이라니. 우리 집 근처를 지나간다면 당장 베란다에서 "거기 서요, 라멘 트럭!" 고함을 질러 멈춰 세운 후

얼큰한 맛으로 하나 말아 올라왔을 거다. 또 하나 깊이 공감한 부분은 '공상음식' 코너다. 〈플란다스의 개〉나 〈빨간머리 앤〉을 본 사람이라면 다들 기억할 거다. 등장인물들이 먹던 만화빵과 만화수프, 대단히 맛있어 보이지 않던가.

늦게까지 서성이는 객이 없을 때엔 마음이 한층 가볍다. 그런데 이런 날은 꼭 문 닫기 10분 전쯤 문을 두드리는 손님이 나타난다. 내 눈치를 보며 "지금 딸기주스 되나요?" 묻는 손님의 말에 헤밍웨이 소설 《깨끗하고 밝은 곳》(민음사, 2016)의 한 구절을 떠올린다.

매일 밤 카페를 닫을 때마다 어쩐지 망설이게 돼. 카페가 필요한 누군가가 있을지 모른다고 생각하면 말이지."(14쪽)

이 손님이 지금 시키는 딸기주스 한 잔은, 어젯밤 내가 먹었던 야식과 비등한 무언가일지도 모른다. 혹은, 15년 전 그날의 나와 마찬가지로 절박한 것일 수도.

☽

《나는 아직 친구가 없어요》

중학생 때 집단 따돌림을 당했다. 낯가림이 심해 누가 먼저 말을 시키면 대꾸를 잘 안 한다든가, 어쩔 줄 몰라 하다 조금 늦게 대꾸를 하면 "쟤는 혼잣말을 한다" "너 입 냄새 나" 같은 놀림을 받아야 했다.

까닭은 단순했다. 키가 크고 못생기고 뚱뚱해서.

이런 날 도와주려는 선생님들은 생각보다 많았다. 예를 들면 이런 식.

"영주 같은 애가 크면 미인이 되는 거야."

"어머니 엄청 미인이셔."

"영주네 아버지가 만화가야."

칭찬은 부작용만 컸다.

아이들은 "말도 안 돼" "그런데 너는 왜 그래" 같은 소리를 하며 교실이 떠나가라 웃어댔다. 나는 놀림을 받으며 매일 생각했다. 아, 친구 같은 거 필요 없다. 혼자서 즐겁게 지내자.

도망칠 곳이 있어 버틸 수 있었다. 책이었다. 책은 그 어느 때도 날 배신하지 않았다. 언제나 같은 자리에 있다가 손을 뻗으면 다정하게 이야기를 들려주었다. 내가 펑펑 울거나 실실 웃어도 날 비웃거나 놀리지도, 따돌리지도 않았다.

우연한 기회로 선물받은 나카가와 마나부의 만화 에세이 《나는 아직 친구가 없어요》를 보자니 이때의 일이 떠올랐다. 이 책엔 친구를 만들려고 무던히 노력하던 시절의 내가 있었다. 만화 에세이와 현실은 좀 달라 결국 중학생인 나는 친구 만들기를 포기했었다. 그냥 책으로 도망치는 덕후가 되어버려 지금에 이르렀다. 뭐, 결과적으로 본다면 나쁘지 않은 선택이었던 듯하다. 이렇게 당시의 일을 담담하게 떠올릴 수 있는 지경에 이르렀으니.

그때나 지금이나 내 옆엔 책탑이 쌓여 있다. 무슨 책을 또 이렇게 갖다 놨더라, 책등을 훑다 보니 한 권, 유독 특별한 책이 눈에 띄었다.《미래를 여는 핵의학과 함께 핵의학 외길 반세기》라는 제목의 자서전.

결국 카페를 그만뒀다.

그만두기 직전까지 3개월 남짓 동안, 몇 명이고 단골들의 얼굴을 익혔다. 그중엔 오후 2시 10분 전쯤 하여 매일 오는 단골 한 분이 있었다. 평일엔 늘 양복 차림이고 주말엔 폴로 티셔츠에 면바지를 입는 멋쟁이 할아버지다.

5월의 어느 날, 할아버지가 카페에 놓으라며 시집이며 자신의 자서전을 주고 가셨다. 감사한 마음에 "늘 감사드립니다"라는 짧은 메시지와 사인을 적어 내 책을 드렸다. 다음 날, 할아버지가 답례로 자신의 자서전 한 권과 함께 작은 봉투를 건네주셨다.

"책값이야. 많이 안 넣었어. 5만 원."

책값을 챙겨주신 분은 처음이었다. "이 책은 꼭꼭 씹어 읽어야지" 하며 할아버지의 사인을 받아 책을 집에 모셔 갔다. 그 책을 책탑 사이에 끼워놓고는 잊고 있었다.

책을 손에 들었다. 낯익은 냄새가 났다. 할아버지가 카페 문을 열고 들어오실 때마다 나던 특유의 향이다. 이걸 뭐라고 하더라. 잘 지내실까. 오늘도 카푸치노를 드셨을까. 내가 갑자기 그만둬서 걱정하시면 어쩌지. 이 생각 저 생각 하다가 눈길을 끄는 글을 발견했다.

> **왜 살아야 하는지를 아는 사람은 그 어떤 상황도 견뎌낼 수 있다는 말이 있다. 왜 사는가에 대한 답을 놓지 않는다면 자신만의 길을 걸을 수 있고 삶을 걱정할 필요가 없다.**
>
> **(김철종, 《미래를 여는 핵의학과 함께 핵의학 외길 반세기》, 새한사업, 2014, 7쪽)**

잠시 책탑을 보며 생각에 빠졌다. 내가 사는 까닭은 뭘까. 그야 자명하다. 내 삶은 실비아 플라스와 마찬가지로 의문형이다.

> **내가 글을 쓸 수 있을까? 많이 써보면 작품을 쓸 수 있을까?**
> **작품을 잘 쓸 때까지 얼마나 많은 희생을 해야 할까?**
>
> **(타니아 슐리, 〈실비아 플라스〉, 《글쓰는 여자의 공간》, 이봄, 2016, 118쪽)**

\\\\\\

나는 이 모든 질문에 대답하기 위해 산다. 아직 답은 찾지 못했다. 그런고로 나는 지금 '살아 있다'. 지금 이 순간 또 한 번 작품을 잘 쓰기 위해 책탑을 쌓는다. 누가 뭐라 하든 간에 삶을 걱정하지 않고, 자신만의 길을 걷기 위하여 아마 나는 계속 덕후의 삶을 살 듯하다.

백만 번 산 고양이의 착각

《100만 번 산 고양이》라는 사노 요코의 동화가 있다. 이 이야기 속 '백만 번 산 고양이'는 모든 사람들을 싫어한다. 아무리 사람들이 자신을 좋아해도 결코 마음을 여는 법이 없다. 그러다 흰 고양이를 만나고 나서야 비로소 자신의 마음을 열고 싶어 한다.

하지만 백만 번 산 고양이는 큰 착각을 하고 만다. 흰 고양이의 마음에 들려면 좀 더 무언가 해야 한다, 내가 좀 더 잘해야 한다고 생각한 것이다. 흰 고양이는 그런 백만 번 산 고양이를 그저 그러니, 그랬구나, 하고 바라보기만 한다. 그가 하는 행동을 이해할 수 없는 것이다.

곁에 있으면 그만이다. 그저 담담하게, 자신이 할 수 있는 만큼만 하고 느긋하게 지내는 것만으로 흰 고양이는 만족하건만 백만 번 산 고양이는 늘 불안하다. 초조하고 어쩔 줄 몰라 잘 보이려고 발악하다가 결국 힘이 다 빠져 말한다.

"네 곁에 있어도 괜찮겠니."

인간을 사귀는 것도 이러하다. 사람과 사람의 관계는 무리

해서 되는 것이 아니다. 그저 곁에 있는 것, 그게 사실 생각보다 어렵다. 서로에게 관심이 갈수록 푹 빠져버린다. 잘 보이려고 안간힘을 쓰게 된다. 그래서 안 해도 될 말을 무리해서 하고 끙끙거리며 "내가 이렇게 잘해주는데 대체 왜 그래?"라는 말을 뱉고 마는 것이다.

흰 고양이는 그저 그곳에 있다. 도망가지 않는다. 첫 마음에 변함이 없다. 흰 고양이는 늘 같은 자리에 있는데 왜 백만 번 산 고양이는 흰 고양이가 금방이라도 사라질 것처럼 굴었을까. 어쩌면, 백만 번 산 고양이는 흰 고양이를 믿을 수 없었던 것 아닐까. 그래서 흰 고양이가 조금만 다른 태도를 보여도 겁을 먹고 잘 보이려고 애를 쓴 것이었을지도 모른다.

의무감으로 서로를 대하는 건 끔찍한 일이다. 상대의 비위를 맞추려 무언가를 하고, 그것을 상대에게 이야기하는 것은 더더욱 끔찍하다. 그런 상황에서 벗어나기 위해서는 거리를 두는 수밖에 없다.

백석이 시 '흰 바람벽이 있어'에서 말했듯 무엇이든 이 세상에 난 것은 처음부터 온전하다. 우리는 모두 오롯이 선 사람이다. 오롯이 선 사람과 오롯이 선 사람으로 서로에게 기대지 않고, 담담하게 완만한 포물선을 그리며 나아가는 삶, 멋지지 아니한가.

주저앉은 흰 고양이

《미움받을 용기》란 책은 모든 사람에게 잘 보이려고 할 필요가 없다는 이야기다. 나는 이 "미움받을 용기"가 상당히 부족한 사람이다. 내게 잘해주는 사람에게는 한없이 약해져서, 그 사람이 하는 대로 그래그래, 하고 끌려가다 정신을 차려보면 만화 속 길 잃은 케로로 꼴이다. "여긴 누구? 나는 어디?"라는 문법에 맞지 않은 말을 하고 있다.

나도 나름의 소심한 어필은 꾸준히 한다. 하지만 대부분의 경우 사람들은 나의 소심한 어필을 투정 정도로 이해한다. "바쁘신 것 같은데 나중에 연락해요"라는 말은 사실, "내가 지금 좀 피곤한데 나중에 이야기하자"라는 뜻이다. 오랜 친구의 경우 내가 이런 말을 하면 "저 자식이 미움받을까 봐 두려워서 또 돌려 거절하는군" 하고 이해하지만 나에 대한 학습이 덜 된 사람들은 "헉, 내가 뭘 잘못해서 저렇게 말하나? 어서 잘 놀아줘야겠군"이라 생각하고는 내가 원하는 것과 정반대의 방향으로 나아가는 것 같다.

나는 정말 혼자 있고 싶은 것뿐인데.

이런 식의 커뮤니케이션 오류가 쌓여갈수록 나는 날카로워진다. 혼자 있고 싶은데 그러지 못한다면 너랑 놀 수 없어, 라고 속으로 단정 짓다가도, 상대가 잘 놀아주면 미안해져 죄책감을 느낀다. 보답해야 해, 상대가 날 좋아하는 만큼 잘해줘야 해, 끙끙거리며 사소한 작은 물건들을 챙기다 보면 어느덧 산더미처럼 쌓인 선물 더미를 발견한다. 절망한다. 나는 대체 얼마나 지

쳐 있는 거지. 왜 이렇게까지 "그래도 돼, 괜찮아"를 연달아 중얼거리는 거지. 제자리에 주저앉는다. 숨이 막힌다. 가슴이 두근거린다. 괴롭다. 운다. 꼼짝도 않고 그저 몸을 수그리고 있다. 숨을 쉴 수 있게 될 때까지 기다리며.

어렸을 때부터 그런 말을 듣고 자랐다. 사람들 말을 잘 들어야 한다, 군소리를 해서는 안 된다, 말대답도 안 된다, 토 달지 마라. 그러다 보니 나는 내 의견을 말하는 것보다 남들의 말에 일단 동의하는 게 옳다고 생각하게 됐다. 문제는 내가 삐뚤어진 인간이고, 나만의 잣대와 법칙이 뚜렷하다는 데 있다. 나는 일단 "네" "그렇게 해요"라고 하면서도 속으로는 "숨이 막혀" "왜 나는 지금 이런 걸 다 들어줘야 하는 거지"라는 의구심을 품는다. 이런 의구심은 조금 뒤 죄책감으로 변한다. 어느새 도로 "저렇게 잘해주는데 내가 맞춰야지" "이런 생각은 옳지 않아"라고 또 중얼거리고 만다.

일련의 패턴을 거듭하는 사이 나는 사람을 참 많이도 떠나보냈다. 그러지 말아야지, 참아야지 하다가도 숨이 막힐 정도로 날 위하는 사람들을 만나면 괴로워지는 것이다. 나는 그렇게까지 좋아하지 않는데, 적당히 거리를 두고 날 대해줬으면 좋겠는데, 내가 좀 더 좋아할 시간을 줬으면, 나는 아무 데도 가지 않는데 왜 몰라주는 거야, 라고 소심하게 어필을 하다가 조금 지나면 또 지쳐서 결국 다 포기하고 제자리에 또 주저앉는다. 몸을 작게 웅크린 채, 너는 그렇게 하렴. 나는 그저 여기 있을게, 하고.

\\\

인연을 이어가는 것이 세상을 살아가는 법일 거라고

2017년, 스타벅스에서 '주미대한제국공사관 텀블러'를 출시한 적이 있었다. 나는 커피를 기다리며 게시판 포스터를 가만히 들여다보다가, 텀블러를 사면 판매금액이 기부된다는 말에 매일 봐서 얼굴만 익혀놓은 바리스타에게 물었다. 이거 있냐, 사고 싶다 했더니 작년에 나왔던 물건이란다. 지금은 없다고.

이럴 때 덕후의 진가가 드러난다. 일반적인 경우라면 그런가 보다 하고 잊겠지만 이후 나는 그 스타벅스에 갈 때마다 게시판을 바라봤다. "아, 저걸 샀어야 했는데. 왜 못 샀을까" 그렇게 중얼거리며 매번 포스터를 노려보다가 2018년 2월, 뭔가 달라졌다는 사실을 깨달았다. 기념으로 제작했다는 말은 같은데 포스터의 텀블러 모양이 바뀐 것이다. 어라, 이거 설마? 싶은 마음에 커피를 기다리다가 텀블러 진열대로 어슬렁어슬렁 걸어가 보니 앗, 드디어 신제품이 나온 게 아닌가. 게다가 이번엔 다른 건물, 낙화장(烙畵匠)의 손길이 들어간 디자인이란다. 낙화는 불에 달군 인두로 지져 그린 그림을 뜻하는데, 이 그림을 디자인한 김영조 장인은 우리나라에서 유일하게 유형문화재로 지정되었다고 한다. 세상에, 이 사연을 듣고 구입을 안 하면 그건 덕후가 아니다. 1만 2000원, 구입하면 그 금액이 고대로 기부가 된다는 것도 마음에 들었다.

그렇게 구입한 텀블러에 디카페인 아이스 아메리카노를 담아 나왔다. 걸었다. 집으로 가는 길, 우연히 보인 마트에서 빅파이와 초코파이를 각각 박스당 2000원씩 판다는 말에 혹해서 두 박스를 사서 나왔다. 사장님께서 환하게 웃으며 잘 가요 인사해주는데 괜히 기분이 좋았다. 집에 돌아와 빅파이 한 개, 초코파이 한 개를 커피와 함께 해치운 후 텀블러를 들고 개몽돌 씨와 함께 두 번째 산책을 나섰다.

아침에 커피 한 잔, 오후에 스타벅스에서 디카페인 한 잔을 마신 지 한 시간밖에 안 됐는데 묘하게 또 커피가 당겼다. 그렇다고 이 시간에 커피를 마실 수는 없는 노릇. 카페는 가고 싶지만 갈 수 없으니 우이동에 있는 대학 은사님의 카페로 방향을 틀었다. 걸어서 25분쯤 걸리지만 가는 길이 워낙 예뻐서 그리 힘들지는 않다. 무엇보다, 개몽돌은 지나치게 생생하다. 이 정도로는 지치지도 않는다.

안에 들어갔더니 사모님이 계신다. 불면증이 심해져 커피를 못 마시니 핫초코를 시킨다. 그사이 개몽돌은 나가자고 낑낑거린다. 잠깐 나가 테라스에 놓은 의자에 앉아 물을 준다. 찰랑찰랑 소리를 내며 물을 마시는 사이, 저 멀리 은사님이 걸어오신다. 아니, 어떻게 이렇게 딱 나타나셨지?

"오랜만에 왔는데 또 뵙네요."

\\\

깜짝 놀라 쑥스럽게 인사하니 "얘는 이름이 뭐냐?"라고 개를 보며 말씀하신다. "개몽돌이요, 몽이라고 부르시면 됩니다" 했더니만 "몽아, 몽아" 불러주신다. 개몽돌은 팔짝팔짝 신이 나서 무릎까지 뛰어오르려 한다. 저 귀엽죠, 머리 만져주세요, 예쁘다고 해주세요, 하는 통에 잠시 카페에 웃음이 흐른다.

카페에 들른 건 어디까지나 우연이었다. 20년 전, 이대 앞에 '비미남경'이라고 하는 작은 카페가 있었다. 나는 그 카페에 우연히 들렀다가 종종 가게 되었다. 그러다 한참 지나, 동네 마을버스 종점에 비미남경이란 같은 이름의 카페가 생긴 것을 보고는 희한한 마음에 발걸음했다. "아, 제가 예전에 이대에 있는 같은 이름의 카페에 자주 갔었는데 신기해서 들렀네요"라고 말하자 "어머, 내가 거기 사장이었는데"라는 대답이 돌아왔다.

와, 이런 우연이 있나. 왠지 기분이 좋아 그대로 앉아 잠시 글을 쓸 생각이었다. 그런데 얼마 지나지 않아 웬 할아버지 한 분이 앞에서 왔다 갔다 하신다 했더니만 "너 조영주 아니냐" 하고 묻는 것이다. 어라, 그건 내 이름인데.

의아한 마음에 고개를 들었더니 은사님이었다.

언제 이렇게 나이가 드셨나, 그 사실에 가장 먼저 놀라는 사이 은사님이 말씀하신다. 와, 조영주 맞네. 너 여기 왜 있냐? 아, 저 집이 이 근처. 그랬어? 어머, 형부 알아요? 얘가 내 제자야. 그 왜 소설 쓴다는. 어머, 신기하네. 와, 저 예전 단골인데. 두서없는 대화가 오가다 보니 왠지 기쁘다. 기분이 좋다.

이런 경험을 하고 나면 그런 생각이 든다. 인연은 늘 이렇듯 갑작스레 찾아든다. 그러고는 끊어질 듯 드문드문 이어진다. 그것을 이어가는 것이 아마도 세상을 살아가는 법일 거라고, 나는 그렇게 생각하는 것이다.

부기 — 은사님 카페는 후에 카페 클라우드로 이름이 바뀌었다.

\\\

반숙 카스테라가 있는 풍경

대학에 다닐 때 나는 늘 궁금했다. 학교에서 발간하는 소식지라든가, 홍보책자에 실리는 인물들은 대체 어떤 식으로 선정될까. 그런 대단한 사람은 어떤 사람들인가. 그런데 그걸 알 기회가 왔다.

2016년 4월의 일이다. 한창 《붉은 소파》 원고와 씨름하고 있는데 전화가 왔다. 학교에서 인터뷰를 하고 싶다는 이야기였다. 내가 바로 그 홍보책자의 인물에 선정되었다는 말에 냉큼 하겠다고 했다. 신이 나서 담당자를 만나러 갔다가 좀 놀라버렸다. 소설가 김탁환은 그의 소설 《거짓말이다》 출간 기념 북토크에서 이렇게 말한 적 있다. "가끔 그런 일이 일어난다. 내 소설 속에 등장하는 인물이 내게 다가오는 듯한 순간." 내가 이때 그랬다. 정확히 말하자면, 후에 쓸 소설 속 인물이 되지 않을까 싶은 기분이었다. 이런 확신의 까닭은 한참 후에 알게 된다. 그녀의 사정을 알고 그녀의 이야기를 듣고 그녀의 삶의 한 부분을 공유한 후의 일이다.

나와 그녀는 지금까지 세 번 만났다. 첫 번째 만났을 때 우리는 미술관에서 미술작품을 보는 대신 인터뷰를 했고, 두 번째 만났을 때 우리는 책자에 실을 사진을 찍었다. 사진을 찍는 시간은 5분이었으나 그 이후의 시간이 길었다. 우리는 느긋했다. 나는 내 사진을 찍는 사람이 영화 〈동주〉의 포스터 사진을 찍은 작가라는 사실이 좋았고, 등대사진관, 영어로는 라이트하우스 스튜디오에 내가 소설 속 등장시킨 옛날 카메라가 잔뜩 있다는 게 더욱 좋아 이것저것 묻다 보니 시간이 금방 갔다. 그녀는 그런 나를 내버려뒀다. 시간이 흐르고 나는 당연하다는 듯 또 커피를 마시러 가자고 권했다.

날이 좋을 때면 노천카페를 찾는다. 자연스레 바뀌는 주변의 풍경을 즐기기엔 노천카페를 따라올 것이 없다. 이날도 그렇게 노천카페를 찾았다. 정확히 말하자면 어쩔 수 없이 만들었다. 카페에 마땅한 자리가 없었다. 나는 예나 지금이나 철제 나선형 계단을 싫어한다. 특히 그 계단 사이에 허공이 있을 때면 더더욱 그렇다. 허공 사이로 발이 쑥 빠져 나도 모르는 세계로 빨려들면 어쩌나, 《이상한 나라의 앨리스》가 괜히 나온 게 아니야, 같은 염려가 든달까. 그래서 지하에 자리가 있다는데도 들어가지 못하고 가게 앞에 앉기로 했다. 그곳에 애연가를 위한 공간이 있었다. 재떨이라고 보기엔 어설픈 담배꽁초가 잔뜩 담긴 커피컵 하나와 네모난 대리석은 우리를 위해 준비된 것 같았다. 우리는 차가운 대리석에 나란히 앉아 커피와 반숙 카스테라를 먹었다. 그리고 그녀는 커피를 마시고 얼마 지나지 않아 양

COFFEE

해를 구한 후 담배를 피웠다.

담배를 피우지 않으면 담배에 대한 환상이 생긴다. 담배를 피우면 어떤 기분이 드는지, 왜 그걸 피우는지, 특히 커피와 함께 피울 때 커피의 향에는 어떤 변화가 생기는지 궁금해진다. 물론 이런 것을 대놓고 묻는 일은 없다. 그저 바라볼 뿐이다, 맛있게 담배를 피우는 모습을.

그녀의 끽연이 끝날 무렵 "또 만나요" 라는 일상적인 말을 나누고 우리는 헤어졌다. 나는 또 만나자는 말은 믿지 않기에 얼마 지나지 않아 책이 출간되고 바빠지며 자연히 그녀를 잊었다.

그런데 2016년 8월 말, 그녀에게 다시 한 번 전화가 왔다. 학교에서 내는 책자가 하나 더 있는데 담당자가 날 인터뷰 상대로 제안했다는 이야기였다. 담당자의 이름을 듣자 기억이 났다. 대학에 다닐 때 내 사진을 찍어준 교목실에 계시던 선생님이 지금은 홍보팀에 있었다. 당연히 좋다고 했다. 누군가 나를 알아준다는 것은, 어딘가에 실린다는 것은 고마운 일이니까.

적당히 수다를 떨다 "언제 한번 봐요" 같은 인사치레가 자연스레 나왔다. 평소 같으면 그냥 넘길 말이었는데 기이하게도 나는 정말 그녀를 다시 만나고 싶어졌다. 그녀의 허스키한 목소리 때문인지, 그녀와 나눠 먹은 반숙 카스테라가 맛있었기 때문인지, 그도 아니면 이런 일이 생기자 바로 생각이 났다고 나를 챙겨줬기 때문인지는 알 수 없었으나 아무튼.

보통 이렇게 이야길 해도 상대방이 싫다고 하거나 약속이 있다고 하면 제대로 이뤄지지 않는 게 대부분이다. 약속을 하고 찾아갔건만 마뜩잖은 표정을 짓는 상대를 만나면 나는 왜 그런 약속을 했나 후회한다. 그런데 그녀는 너무나 흔쾌하게 오케이, 했다. 예의 허스키한 목소리로 너털웃음을 터뜨리며 남산도서관에서 만나자고 약속을 정했다.

남산도서관은 산 중턱에 있는 데다 건물 자체도 높고 계단이 많다. 4층까지 올라가려면 다른 도서관보다 배는 더 계단을 올라야 한다. 어느 5월, 《기예르모 델 토로의 창작 노트》를 보기 위해 남산도서관을 찾은 날, 나는 지나치게 많은 계단을 올라야 했다. 그것도 꼭대기 층까지. 봄치고 기온이 지나치게 올라 한낮이 여름 같았다. 그 탓에 꼭대기 열람실에 들어섰을 때엔 이미 땀투성이였다. 하지만 책을 들고 열람실에 앉아 30분쯤 멍하게 앉아 있자니 땀이 식었다. 창밖 너머 주변의 광경이 시야에 들어왔다. 정확히 말하자면 먼저 느낀 것은 냄새였다. 남산의 흙냄새가, 자연스레 흐르는 풀 냄새가 코끝을 간질였다. 한참 그렇게 밖을 보다가 책을 보다가 하며 시간을 훌쩍 보냈더랬다. 그런데 이번엔 남산도서관으로 책이 아니라, 남산의 풍경을 즐기기 위해서가 아니라, 사람을 만나러 간다. 내겐 좀처럼 흔치 않은 일이었다.

그녀는 남산도서관 근처에 사무실이 있다고 했다. 버스에서 내리고 문자를 한 통 보냈더니 이제 출발한다는 이야기가 돌아왔다. 볕 잘 드는 벤치에 앉아 있으려니 다리가 근질거렸다. 맨발에 대충 신은 운동화 위에 개미가 올라왔다. 영차영차 소리라도 낼 듯 열심히 맨다리를 오르려고 안간힘을 쓰고 있었다. 나는 손가락으로 쳐서 개미를 바닥에 떨어뜨렸다. 그러고도 시간이 남아 자꾸만 올라오려는 개미를 보며 장난을 치자니 저만치 멀리 그녀가 보였다. 그녀는 씩씩하게 머리 위로 양팔을 휘적휘적 저으며 다가와서는 말했다.

"도서관에 가서 밥 먹죠."

나는 보통 남산에 갈 때엔 책이 용무지만 이 동네 사람들은 식사를 하러 자주 찾는단다. 근처 대사관의 외국인들도 종종 보인다고. 나야 대환영이었다. 남산도서관에 갈 때마다 먹는 메뉴가 있었다. 줄임말로 '오무돈'. 오무라이스 위에 돈까스가 여섯 점 올라오는 남산도서관만의 메뉴다. 그녀는 나를 따라 오무돈을 시켰다. 우리는 식사를 하며 두서없는 이야기를 한참 주고받다가 결국 또 커피 이야기로 돌아갔다.

용산에서 그녀와 만났을 때 먹었던 커피와 반숙 카스테라는 기억에 깊이 박혔다. 언제든 눈을 감고 우물거리는 시늉을 하면 반숙 카스테라의 부드러운 느낌을 떠올릴 수 있을 정도였다. 이곳이 그녀의 사무실에서 가깝다면 분명 이보다 더 맛있는 무언가를 알고 있을 것 같았다. 카스테라까지는 아니더라도 초코쿠키나 머핀 정도는 괜찮은 집을 찾을 수 있지 않을까, 했더니 역시나, 그녀는 생글생글 웃으며 좋은 커피집이 있는데 사무실 근처라 좀 멀다고 덧붙였다. 멀어봤자 뭐 얼마나 멀까 싶었다. 그런데 정말 멀었다. 남산도서관 계단의 열 배는 될 거리를 내려가도록 문제의 카페는 나타날 생각을 하지 않았다.

\\\

그렇게 15분쯤 걸려 그녀가 안내한 곳은 아주 작은 카페였다. 안에는 이미 사람이 서너 명 있었다. 그것만으로 카페가 가득 찼다. 한쪽 벽에 가득 찬 쿠폰을 보니 꽤 인기가 있는 카페인 듯했다. 나도 곧 이 카페가 마음에 들었다. 저렴한 가격과 푸짐한 양이 좋았다. 최고는 카페의 이름이었다. 202번 종점에 있어서 '종점카페'.

마음 같아서는 카페에서 오래 버티고 싶었다. 하지만 워낙 좁기에 괜히 미안해졌다. 오랜 시간 카페에서 일하다 보니 어디에 어떤 카페에 가든 그 카페의 테이블 회전율을 걱정하는 기묘한 버릇이 생겨버렸다. 이날도 나는 어김없었다. 슬슬 어딘가 다른 곳으로 이동을 하거나 헤어져야겠다 생각하는데 그녀가 또 신선한 제안을 해왔다.

"우리, 사무실로 가죠."

엥, 사무실로 오라고? 그래도 되나? 나는 본능적으로 또 눈치를 보면서도 호기심이 동했다. 그녀의 사무실을 보면 조금 더 그녀에 대해 알 수 있으리라. 그것은 언젠가 쓸 내 글에 좋은 소재가 될 것 같았다. 그렇게 간 그녀의 사무실은 내가 생각한 그녀의 이미지와 닮은꼴이었다.

그곳은 카페 같았다. 새하얀 벽으로 둘러싸인 공간에 작은 원목 테이블이 있었다. 붉은 스탠드 외에 원목 테이블을 꾸미는 것은 아무것도 없었다. 우리는 종점카페에서 사온 아이스커피를 나란히 두고 앉았다. 나는 또 두서없이 나오는 대로 아무 생각 없이 떠들다가 슬그머니 나의 원대한 계획을 밝혀보았다.

"커피에 대한 글을 쓸 셈이에요."

"어떤 걸요?"

그렇게 내가 꺼낸 이야기는 태어나서 처음 마신 카푸치노(?)에 대한 사연이었다.

처음으로 마신 커피는 언제 어떤 상황이었을까 한참 기억을 되살려보니 〈허드슨 호크〉가 떠올랐다. 중학교 2학년 때 우연히 이 영화를 봤다. 어쩌다 본지까지는 기억이 나지 않지만, 텔레비전에서 해주던 걸 멍한 표정으로 지켜보던 것은 기억이 난다. 첫 장면, 레오나르도 다빈치가 연금술을 시도하는 장면에 마음을 빼앗겨서는 숨도 못 쉬고 집중해 봤다.

브루스 윌리스가 맡은 역할 허드슨 호크는 이른바 대도(大盜)다. 엔간한 물건은 다 훔치다가 결국 꼬리가 잡혀 감옥에 갇혔다. 그런 허드슨 호크가 출소 후 가장 먼저 하고 싶었던 것은 단골 카페에서 카푸치노 한 잔을 마시는 일이다. 마침내 감옥을 나서 단골 카페로 향한 브루스 윌리스는 상황이 많이 바뀌었다는 것을 깨닫는다. 본래 자신이 다니던 그 분위기의 단골 카페는 어디로 가고 양복쟁이들이 잔뜩 있다. 뿐만 아니라 마침내 받은 카푸치노를 한 모금 마시려는 순간, 누군가 발사한 권총이 카푸치노 잔을 터뜨린다. 이후 브루스 윌리스는 카푸치노를 마시려고 무던히 노력하지만 엔간해서는 기회가 오지 않는다. 마침내 모든 역경을 넘어서 카푸치노를 마시는 순간, 다 마신 후 커피잔을 등 뒤로 던지는 순간, 브루스 윌리스의 행복에 겨운 표정이란. 나는 그 표정을 보자 브루스 윌리스가 마시는 카푸치노가 뭔지 궁금해졌다.

당시 국내엔, 정확히 말하자면 내 주변엔 에스프레소가 없었다. 나는 중학교 2학년이었다. 동네 밖으로 나가는 일은 소풍을 제외하곤 없었다. 커피를 마시기 위해 용돈을 탈 만큼 가정형편이 좋은 것도 아니었다. 그래서 나는 내 마음대로 '카푸치노라고 이름 붙인 커피'를 조제해보기로 했다.

뜨거운 물을 한 컵 준비한 후 맥심 커피 한 스푼, 프림 한 스푼, 설탕 한 스푼을 넣었더니 이렇게 쓸 수가 없었다. 커피는 그대로 두고 프림을 한 스푼 더 넣고, 설탕을 두 스푼 더 넣었더니 뭔가 밍밍했다. 프림을 한 스푼 더 넣었더니 이번엔 커피가 약했다. 영화 속 허드슨 호크가 마신 카푸치노가 이럴 리 없었다. 그래서 다시 커피를 한 스푼 넣었더니 다시 너무 썼다. 마실 수 없는 수준이었다. 그래서 프림과 설탕을 되는 대로 넣다가 마침내 내 입맛에 딱 맞는 황금비율을 찾았다. 맥심 커피 두 스푼, 프림 다섯 스푼, 설탕 여섯 스푼. 그것이 태어나서 처음으로 내 손으로 조제한 카푸치노였다. 정확히 말하자면 카푸치노라는 이름을 내 멋대로 붙인 인스턴트커피에 불과했지만.

커피 한 잔을 마시고 독서실로 갔다. 짝사랑하는 동급생 남자애가 눈앞에 나타난 것처럼 가슴이 두근거렸다. 알 수 없는 힘이 불끈불끈 솟아났다. 지금 이 순간이라면 고등학생 언니 오빠들이 푸는 《수학의 정석》이나 《성문 종합영어》도 풀 수 있을 것 같았다.

물론 기분뿐이었다. 두근거리는 가슴은 가슴이었고, 내가 공부하는 건 중학교 교과서였고, 영화 〈허드슨 호크〉의 첫 장면에 등장하는 연금술 같은 놀라운 기적 같은 건 일어나지 않았다.

집에 돌아온 후로도 원인불명의 두근거림은 계속됐다. 잠을 자려고 해도 도통 진정되지 않았다. 묘하게 화장실도 계속 가고 싶어 소변을 몇 번이고 보고 설사를 했다. 겨우 잠이 든 건 아마도 새벽 무렵이었다.

다음 날 일어나서 가장 먼저 생각한 것은 허드슨 호크는 거짓말쟁이라는 사실이었다. 카푸치노 따위, 커피 따위, 갖은 고생을 겪은 후에 먹을 만큼 대단한 음료가 아니었다. 이때까지만 해도 나는 상상도 못 했던 것 같다. 그로부터 10년 후에 내가 카페에서 일할 줄은, 바리스타가 되어 브루스 윌리스가 그토록 원하던 카푸치노를 아무렇지 않게 만들어 몇 잔이고 손님에게 내갈 줄은.

최초의 카푸치노에 대한 이야기를 한참 동안 나누자니 내가 당시 왜 그토록 영화 속 풍경을 동경했는지 막연히 그 까닭을 알 것 같았다. 중학생 때 다니던 독서실은 늘 갑갑했다. 어두운 공간에서 빛이라곤 머리 위 스탠드뿐이었다. 라디오를 듣다가 조금이라도 낄낄거리면 주변에서 헛기침 소리나 노크 소리가 났다.

나는 불완전한 침묵이 싫었다. 아예 시끄럽거나 차라리 조용한 게 나을 것 같았다. 어떤 공간을 늘 바랐던 것 같다. 내 맘대로 떠들 수 있는, 좀 더 시끄럽게 굴다가도 공부하고 싶은 순간이면 공부하는, 학교의 점심시간을 닮은 공간을.

〈허드슨 호크〉에는 바로 그 공간이 있었다. 모험의 끝, 마침내 노천카페에 자리를 잡고 앉아 카푸치노를 단숨에 들이키고는 어깨 너머로 잔을 던져버리는 브루스 윌리스의 모습에는 자유가 있었다. 나 또한 그런 공간을 원했던 것 같다. 그래서 카푸치노가 뭔지도 모르며 인스턴트 커피로 내 나름의 카푸치노를 제조한 걸지도.

그 시절, 내가 사랑했던 소녀

20대까지의 나는 아주 비뚤어진 인종이었다. 누군가에게 먼저 관심을 갖는 일이 별로 없었다. 내가 먼저 말을 시키거나, 흥미를 갖는다면 그 사람이 정말 확 끌려서였다. 내가 이렇게 된 것은 기질 탓이 크다. 어딜 가도 정신을 차려보면 모임의 중심에 가 있다. 이상하게 모든 사람들과 친하다고 주변에 알려진다. 정작 나는 그런 걸 전혀 못 느끼고 늘 의아한 기분에 휩싸여 있는데.

실제로 이 광경을 몇 차례 목격한 친구 A 양에 따르면, 나는 가만히 있어도 묘하게 눈에 뜨여 자연스레 사람들과 친해지는 것 같다고, 또 내가 "정말 사람들과 친하게 지내려고 노력하는 것처럼" 보인다고 했다. 정작 본인은 아무 생각 없다는 걸 이 A 양은 매우 잘 알고 있기에 늘 속으로 웃고 있다고. "아 저 비뚤어진 인간. 무의식중에 다 잘해주네" "또 저렇게 휩쓸려가는군. 네가 무슨 흐르는 강물을 따라 움직이는 물고기냐" 같은 기분으로 바라본다고.

내가 이런 성격이 된 것은 언젠가부터 이런 생각을 했기 때문일 거다. '결국 사람은 자신이 듣고 싶은 말을 해주는 사람을 원하기 마련'이라는 비뚤어진 생각 말이다. 나는 이 가설을 실험했고, 정말 통하자 "오호라!" 하고는 계속 써먹은 것 같다. 상대가 듣고 싶은 말을 반복하거나, 약간은 과다하게 호응해주거나 하는 식으로. 그러다 보니 원하지 않는 사람들 사이에 있느라 정작 관심이 있는 사람에겐 단 한 마디도 못 건네는 일이 부지기수 늘어났다. 처음엔 "훗, 너희는 내 본색을 몰라"라고 생각했었으나 이런 일이 지속되자 의문이 생겼다. 혹시 이 사람들도 나처럼 적당히 맞장구만 치는 거 아닐까. 그저 편하니까, 즐거운 척하는 거 아닐까.

최근 읽은 책 《그 시절, 우리가 좋아했던 소녀》에 이런 식으로 자신의 감정을 의심하는 장면이 나왔다. 무려 8년에 걸친 사랑에 대한, 소설가의 자전적인 경험이 십분 반영된 이 책을 보다 보면 미스터리 소설도 아니건만 나는 의구심이 든다. 정말 네가 좋아하는 게 그 소녀냐고. 혹시 네가 좋아하는 건, 그 소녀를 좋아할 때의 활기찬 자기 모습 아니냐고. 그리고 주인공은 결국 소녀에게 이 질문을 받게 된다. 네가 좋아하는 건 내가 아니라 날 좋아한다는 '감정'이 아니냐는 질문을.

예전의 나 역시 그랬다. 상대가 좋아서 그 사람을 만나는 게 아니라, 그 사람을 기분 좋게 하는 게 즐거웠다. 누가 내게 "기쁘다" "고맙다"라고 말하는 순간 느끼는 고양심, 그게 좋아 나는 누군가를 만나려 들었다. 지금 생각해보면 그 시절 내가 사랑한 소녀는 늘 나 자신뿐이었다. 그런 나 자신에게 의구심이 든 건 언제였을까. 그것까진 정확하지 않지만 행복의 기준이 변했다는 사실은 확실히 인지한다.

지금의 내가 생각하는 행복은 평범한 하루에서 비롯된다. 평범하게 아침에 일어나 평범하게 밥을 먹고, 평범하게 산책을 즐기고, 평범하게 친구들을 만나고, 평범하게 글을 쓰고, 평범하게 웃고 떠들다 하루를 모두 보내고 마는 당연한 일상. 이런 일상의 소소함에서 느끼는 다양한 감정이 내 행복이 됐다. 그래서 나는 생각한다. 예전의 그런 소녀가 있었기에 지금의 내가 있을 수 있는 거라고, 미래의 나는 지금보다 조금 더 행복할 것이라고. 그렇게 미래의 내가 사랑할 나는 조금 더 성숙한 여인의 행복을 누릴 수 있기를 기대하는 것이다.

고마운 사람

스트레스를 받아 글을 쓰게 된 걸까, 아니면 글을 쓰다 보니 스트레스에서 벗어날 수 있어 자연스레 글에 빠지게 된 걸까. 정확한 경위는 기억나지 않지만 한 가지 사실만은 확실하게 말할 수 있다. 나는 상대에게 먼저 말을 거는 법을 잘 알지 못한다.

예를 들어, 이런 거다. 나는 타인에게 사생활에 대해 묻는 게 불편하다. 그런 걸 물으면 '어마어마한 민폐'일 거란 생각에, 직장에서 만난 동료라든가 선후배에게 절대로 사생활을 물어서는 안 된다는 강박을 품고 있다. 자칫 잘못해서 물어봤다간 분명 날 싫어하게 될 거라 여기며 혼자 끙끙거리다 질문 대신 다른 이야기를 한참 한다. 묻지도 않은 내 이야기라든가, 이야기를 끌어내기 위한 길고 긴 빙빙 돌린 수다 같은 것 말이다. 그런 식으로 힘겹게 자신의 이야기를 하다 보면 친절하고 다정한 사람들은 약간의 시간이 흐른 뒤에 내가 원하는 답변을 들려준다. 하지만 이 과정이 너무나 길고, 내가 너무나 말이 많았으므로 원하는 답변을 듣고 나서도 영 마음이 편치 않다. "왜 이렇게 떠들었지" 후회하며 집에 돌아와 방바닥을 박박 긁는다.

그래서 나는 SNS가 편하다. 내가 묻지 않아도 사람들은 자신의 이야기를 올려준다. 그러면 그저 가서 의견을 적으면 된다. 할 말이 없다면 "아, 그렇군요" 하는 마음으로 공감을 누르거나, 흔적을 남길 곳이 없다면 고개를 끄덕이다 그냥 돌아오면 된다. 그런 식으로 먼저 문자로 운을 튼 사람들은 만났을 때 마음이 한결 가볍다. 친구들을 대하듯 말을 거는 게 편하다. 그럼에도 불구하고 개인적인 질문을 하려면 혼자 또 한참의 내적 갈등을 겪어야 하지만서도.

누군가 이 글을 보며 피식피식 웃는다면, 그 사람은 먼저 내게 말을 걸어준 고마운 사람일 거다.

\\\

즐기는 자가 될 테야

고등학교 졸업 무렵의 일이다. 들어갈 대학이 결정되었을 무렵 사소한 일탈로 술자리를 가졌다. 한 잔 두 잔 들어가자 자연스레 이 이야기 저 이야기 나오다가, 친하게 지내던 오빠 한 명에게 한마디 듣고 말았다.

"너한테 실망했다. 넌 훨씬 괜찮은 데에 들어갈 줄 알았는데."

나는 대답 대신 웃었다. 이 순간 말한 괜찮은 데가 뭔지 알 수 없었다.

중학교를 졸업할 때까지 나는 꽤 괜찮은 공부벌레였다. 공부하는 게 재밌었다. 책을 통째로 외워버린다든가, 수학을 만점 받으면 따라오는 부상들이 마음에 들었다. 하지만 고등학교에 들어간 후 귀찮아졌다. 고등학교에 들어가기 직전 다녔던 영어학원이 아마 문제였을 거다. 문제의 영어학원에서는 내가 대학에 들어가기에 필요한 영어 단어를 모두 암기하라고 시켰고, 이후 이 단어만 안 까먹는다면 대학에 들어가는 건 별 문제가 없을 거라고 했다. 그건 사실이었다. 실제로 나는 그때 이후 영어 공부를 전혀 하지 않았으니까. 수학 역시 마찬가지였다. 어느 정도 수준만 유지해준다면 적당한 수준의 적당한 대학, 즉 누군가의 잔소리를 듣지 않아도 되는 대학에 들어갈 수 있다는 걸 알았다. 그런고로 적당히 빈둥거리다가 적당한 대학에 들어가게 된 것이었는데 저런 질문을 받다니.

나는 그때도 그렇고 지금도 그렇고 잘 이해하지 못하겠다. 왜 모든 걸 다 잘해야 하는지, 왜 그렇게 공부를 잘해서 대단한 대학에 들어가야 하는지. 왜 내가 당신의 기대에 부응해야 하는지. 그래서 나는 대답했다. "그야, 그런 거 필요하지 않으니까." 나의 건방진 대꾸에 상대가 불쾌한 표정으로 맥주를 2000cc 더 시킨 건 덧붙이지 않아도 될 것 같다.

생각해보면 저 때부터 나는 그랬다. 진심으로 하고 싶어야만 할 수 있었다. 원하는 게 생기면 누가 시키지 않아도 열심히 했다. 목표가 생기면 잘하고 싶으니까, 잘하면 능숙해지고 싶으니까, 능숙해지면 좀 더 새로운 걸 해내고 싶으니까, 그리하여 즐기고 싶으니까.

그런데 요즘 들어 그런 생각이 든다. 어쩌면 그때 내게 저런 질문을 던진 사람은 "자신이 하고 싶은 게 뭔지 모르기 때문에" 나 역시 "그렇게 모를 거라고 생각하고" 질문을 던졌을지도 모른다고. 잘 모른다면 최대한 괜찮은 환경에서 공부를 해야 하지 않을까, 하는 안타까운 마음을 내보인 것일지도 모르겠다고. 그런 생각까지 이르면, 20년 전 그 오빠에게 이렇게 대꾸하고 싶어진다. 사람은, 하고 싶은 게 없어도 적당히 하다 보면 어떻게든 살 수 있어서 사람이야, 라고.

\\\

사랑, 빠지지 않고 그냥 하기 위해서

아직 사랑을 모르고 연애를 몰랐던 시절, 나는 막연히 운명적인 만남을 상상했었다. 서로 공통점이 많고, 첫눈에 반하고, 푹 빠져들어서 헤어나지 못하는, 〈바람과 함께 사라지다〉에 나오는 듯한 사랑 말이다. 그리고 서른 쯤, 운 좋게(?) 이런 연애를 했다. 정말이지 서로에게 푹 빠져들어 일거수일투족을 공유하지 못해 안달이 나는, 아침에 만나 새벽에 헤어지고 나서도 아침에 또 찾아와서는 "보고 싶어!"라고 외치기 일쑤인 그런 연애 말이다.

나는 그게 아주 바람직한 연애인 줄 알았다. 하지만 좋은 건 딱 백 일까지. 백 일이 지나고 나자 슬슬 지겨워졌다. "대체 언제까지 새벽부터 만나서 다음 날 새벽에 헤어져야 해?"라는 마음이 들었다. 동시에, 일 분 일 초가 아깝다고 서로 연락을 해대다 보니, 잠깐만 연락이 안 돼도 "뭐야, 이제 애정이 식었어?"라는 생각이 들어 새벽부터 새벽까지 싸우는 일이 잦아졌다.

결국, 일 년을 조금 앞둔 어느 날 나는 이 연애를 끝내버렸다. 마침 지방의 학교에 가게 된 남자친구의 연락이 소원해지자 도저히 못 참고 "이제 좀 헤어지자!" 하며 눈물의 난리 블루스를 춘 것인데, 나는 이때로부터 몇 년이 지나고 나서야 우연히 본 벨 훅스의 책《올 어바웃 러브》를 통해 내가 무슨 착각을 했는지 깨달을 수 있었다. 이 책에 따르면, "사랑은 빠지는 것이 아니라 하는 것이다". 누군가에게 몰입하고, 흠뻑 빠져드는 것은 열정이지, 사랑이 아니란다. 그렇다면 "사랑을 하는 것"은 무엇이냐. 그것은 서로가 충분히 자신의 생활을 즐기고, 즐거운 상태에서, 서로 즐거운 기분을 공유하는 것, 즉 "무리하지 않는 것"이라는 구절에서 나는 무릎을 쳤다.

그래, 내가 원하는 게 바로 그거란 말이지.

생각해보면 나는, 내가 좋아서 달려들어 "사귀어야 해. 안 사귀면 큰일 나"라고 해본 적이 거의 없다. 그런 말을 한 경우엔 보통 다음 날 바로 "이건 아닌데"라는 고민을 하기 일쑤였고, 지금껏 했던 단 두 번의 연애조차 사실 질질 끌려가서 했다. 상대가 너무 좋다고 하니까, 나도 호감이 없는 건 아니니까 "참을 수 있으니 사귀어볼까" 하며 눈치를 보다가 연애를 작정했달까. 후에 나는 친구들에게 이런 기분을 솔직하게 털어놓았다가, "에라이, 이 연애 하수야!" "고자야!" "넌 모쏠이나 마찬가지야!" 소리를 들었다.

그래도 일단 이런 식의 깨달음(?)을 뒤늦게라도 얻고 나자 나는 좀 신중해졌다. 아무리 상대가 내가 좋다고 해도 확신이 서지 않으면 천천히 가자고 말하는 버릇을 들이기로 한 것인데, 여기서 유일한 문제는 내 '속도'였다. 나는 느려도 너무 느렸다. 관심이 좀 있어서 천천히 좋아해보자 하고 느긋하게 생각하고 일 년 동안 썸을 타는 사이, 상대는 "나 이제 못 참겠어" 하고 가버리기 십상이었다. 하지만 적어도 그렇게 되고 나자 후회는 하지 않게 되었다. 갈 사람은 가고, 남을 사람은 남게 마련이다. 그러니 앞으로도 느긋하게 살 생각이다. 사랑, 빠지지 않고 그냥 "하기" 위해서.

비 오는 날의 카페 홈즈

비 오는 날과 한 달의 마지막 날에만 쉬는 친구가 한 명 있다. 나보다 두 살 아래의 여자 K, 직업은 장돌뱅이다. 내가 이 친구를 처음 만난 20대 초반 무렵, 이미 이 친구는 장돌뱅이로 자신만의 규칙을 갖고 일하고 있었다.

알고 보니 우리는 비슷한 처지였다. 시나리오를 쓰고 싶기는 하지만 단 한 번도 써본 적이 없었다. 배우고 싶다는 마음만은 강했기에 열심히 모임을 쫓아다녔다. 나이가 비슷하고 사는 곳도 가까웠기에 자주 연락을 하고 만나는 사이가 되었다.

그때 시작한 글을 여전히 쓰고 있다. 당시의 나는 아직까지 글을 쓸 줄 몰랐지만 이 친구는 내가 계속 글을 쓸 거라고 예상했다고 한다. 왜 그런 생각을 했냐고 물어보니 자신을 만날 때마다 책을 읽거나 뭔가를 쓰는 이야길 했기 때문이란다.

이 친구와 오랜 세월을 알고 지내긴 했지만 재밌다 싶은 장소를 둘이 일부러 찾아다닌 일은 적었다. 서로 집이 가깝기 때문에, 혹은 내가 일하고 있을 때 카페로 이 친구가 놀러 오곤 했기에 그런 것 같았다. 그래서 이번엔 친구가 연락해왔을 때 "내가 자주 가는 카페들을 알려줄게" 같은 소리를 하며 '카페 홈즈'로 친구를 불렀다.

2016년 8월, 국립중앙도서관에서 나의 소설 《붉은 소파》와 관련한 인터뷰 요청을 받았다. 국립중앙도서관 사서추천도서에 선정되었다는 연락이었다. 나는 흔쾌히 수락했다. 국립중앙도서관엔 한 번도 가본 적이 없었으므로 이번 기회에 가보는 것도 나쁘지 않을 것 같았다. 그런데 날짜와 시간을 정하고 나서 찾아보니 그날이 마침 국립중앙도서관 휴관일이어서 장소를 바꿔야 했고, 나는 당연하다는 듯 그 당시 서교동에 있었던 카페 홈즈에서 보자고 말했다.

서교동 시절 카페 홈즈는 다양한 유명 인사들의 숨은 아지트였다. 소설가이자 음악가인 요 네스뵈 역시 내한했을 때 이곳에 들러 기념사진을 찍고 사인을 했다. 소설가 김탁환 역시 이곳에서 《거짓말이다》 퇴고 작업을 진행했고, 봉준호 감독 역시 거의 매일 이곳을 찾았다. 그러니 내가 인터뷰를 하러 갑자기 찾아가도 딱히 당황할 분위기는 아닐 것 같았다.

카페 홈즈는 내가 《홈즈가 보낸 편지》로 상을 타고 한참 출간 작업을 하고 있을 때 생겼다. 나는 그 상황이 상당히 재밌었다. 셜록 홈즈에 대한 소설을 썼는데 마침 셜록 홈즈를 주제로 한 카페가 생겼다니 안 가볼 수 없었다. 카페 홈즈는 첫눈에 마음에 들었다. 서가엔 추리소설이 가득했고, 개중에는 절판되어 구할 수 없는 희귀 도서도 많았다. (집에 없는 탐나는 소설 몇 권

훔쳐 갈까 고민한 적도 있었다.) 그 후 몇 번이고 들렀지만 먼저 나서서 정체를 밝히지는 않았다. 그걸 꼭 말해야 하나 같은 생각도 있었고, 무엇보다 아는 사람이 있는 카페를 가는 일이 쑥스러웠다.

나는《붉은 소파》를 출간하고 나서야 정체를 밝혔다. 이유는 단순했다. 지금껏 내가 아무리 자주 찾아가도 날 기억하지 못하던 주인장이 어쩐지 날 보고 "앗!" 하는 표정을 지었다. 설마 알아봤으려고, 생각했는데 시선이 꽂히는 게 기분이 이상해서 정체를 밝혔더니만 범인을 잡은 탐정 같은 반응이 돌아왔다. 그런 반응을 보자니 나는 좀 더 뻔뻔해져서 그간 내가 아무 말 없이 오고 가며 했던 장난들을 밝혔다.

"내가 여기서 사진을 많이 찍었고, 리뷰도 올렸어요."

"그거 혹시 아시려나. 내가 여기 있는《홈즈가 보낸 편지》에 몰래 사인을 해뒀는데 말이죠."

주인장은 깜짝 놀라《홈즈가 보낸 편지》를 확인했다. 그러고는 사인을 하다가 무려 한 번 실패했던 흔적을 발견하고는 한참을 웃었다.

이날을 계기로 홈즈에 갈 때마다 주인장과 몇 마디씩 나누게 되었다. 그래서 국립중앙도서관 인터뷰를 이곳에서 하자고 말한 것이었다. 겸사겸사 카페 홍보도 하면 좋을 것 같았다. 그런데 하필이면 그날 카페 홈즈에 어찌나 많은 관계자가 있던지, 면식 있는 작가들이 드문드문 앉아 작업 중이었다. 그 사이에서 인터뷰를 하자니 쑥스러워 뭐라고 몇 마디 말하지도 않는 사이에 인터뷰는 끝나버렸다.

이곳에 장돌뱅이 친구를 데리고 갔다. 주인장은 처음 내 정체를 알았을 때처럼 반가워했다. 더불어 누구누구 작가가 왔다가 나를 찾았다는 이야기도 전해주어, 나는 잠시 웃을 수 있었다. 함께 온 친구는 어떤 사람이다, 내가 앞으로 쓸 소설은 어떠하다 같은 이야기를 하며 "그래, 내가 이래서 카페 홈즈를 좋아했던 것 같다"는 막연한 생각에 빙그레 웃었다.

부기 — 훗날 카페 홈즈는 망원동으로 이사했다. 나는 이곳에서 2019년 1월부터 6월까지 근무했다.

먹고 쉬지 말고 돈 내고 나가라

나는 기억을 못 하는데 주변 사람들이 지나치게 생생하게 기억을 하고 있어 창피한 일들이 몇 가지 있다. 크게 두 가지다. 하나는 만화에서 본 유도 기술을 해보겠다고 동생에게 엎어치기를 시도한 일이고, 다른 하나는 동생에게 1000원짜리 한 장을 쥐여 주며 떡볶이를 사고 나머지는 네 용돈을 쓰라고 한 일이다.

특히 후자는 전혀 기억을 하지 못하다가 어느 저녁 동생 부부가 놀러 오고 나서야 떠올렸다. 동생은 이날도 어김없이 떡볶이를 한솥 끓여놓고 사흘째 끼니 반찬으로 먹는 나를 보고는 "그러고 보니 누나는 내게 떡볶이 심부름을 자주 시켰어" 하며 옛일을 회상했다. 이날, 동생이 돌아간 후 40년 인생 중 떡볶이를 먹지 않은 해가 얼마나 될까 헤아려봤다. 도무지 알 수가 없었다. 인생의 4분의 3 이상이 떡볶이에 점령당한 것은 아닐까 하며 떡볶이의 추억을 몇 가지 되새겨보았다.

일단, 서울 3대 떡볶이는 다 먹었다. 대체 이 3대 떡볶이가 언제 어떤 식으로 나온 것인지는 모르겠지만, 2013년부터 2015년 사이 흔히 말하는 서울 3대 떡볶이는 '홍대 조폭떡볶이' '선릉역 매운떡볶이' 그리고 '동대문 엽기떡볶이'였다. 나는 운 좋게(?)도 세 군데 모두 유명세를 떨치기 전부터 다녔더랬다.

가장 먼저 다닌 곳은 홍대 조폭떡볶이. 24시간 운영을 한다고 해서 밤에 홍대 근처를 어슬렁거리며 새벽녘까지 술을 마시던 20대 시절 다녔다. 사실 맛있는지 모르겠지만, 먹다 보니 유명해지기에 그런가 보다 했다. 다음으로 간 곳은 동대문 엽기떡볶이. 이곳은 일본에 같이 다녀오기도 한 K 양의 집 근처가 본점이라 가게 됐고 지점별로도 시켜 먹어봤다. 그런데 희한하게도 먹고 나면 기억에 남는 건 계란찜 혹은 메추리알찜뿐이었다. 그나마 세 곳 중에 가장 기억에 남은 곳은 선릉역 매운떡볶이, 이른바 '선매떡'이다.

이곳은 카페에서 일할 때 우연히 알았다. 내가 떡볶이를 좋아한다니까 같이 일하던 언니가 "그럼 선매떡은 먹어봤냐?" 하기에 "그게 뭐예요?" 했더니, "내가 진짜 떡볶이를 먹여주지" 했다. 얼마 지나지 않아 카페 단골이 떡볶이 3만 원어치를 사 들고 나타났다. 그게 바로 선릉역 인근 트럭에서 판다는 떡볶이, 이름하여 '선릉역 매운떡볶이'였다.

선매떡의 첫입 감상은, "맵다"였다. 두 입째 역시 "맵다"였고, 세 번째 먹었을 때의 감상은 "말도 못하게 맵다"였다. 아, 이래서 '매운떡볶이'란 이름이 붙었구나, 바로 깨달음을 얻을 정도였다. 그런데 이게 묘하게 중독성이 있어서 잊을 만하면 단골이 사 오고, 또 잊을 만하면 같이 일하는 언니가 사 오고 하는 사이 어느 날 갑자기 포장이 바뀌었다. 트럭이 하도 유명해져서 선릉역 근처에 정식으로 매장을 오픈했다는 것이었다. 체인점도 몇 군데 열 예정이라는 말에 나는 세상의 모든 유명한 떡볶이는 체인점이 되는 것인가, 하고 안타까워했다.

체인점이 되어서 안심한 곳도 있다. 그곳은 바로 '먹쉬돈나'다. 2000년대 초중반의 일이다. 아직 삼청동이 개발되지 않았을 무렵, 나는 자주 삼청동에 다녔다. 당시 삼청동에 간다고 하면 사람들은 "청와대에 시위하러 가?" 혹은 "도서관 가냐?" 물었다. 나는 후자였다. 정독도서관 식당 밥과 다양한 장서에 반해 자주 이곳을 기웃거렸는데, 이때의 삼청동은 참 조용했다. 너무나 조용해서 머릿속에서 연쇄살인 사건을 일으키고 싶은 충동을 느낄 정도였달까. 최근 삼청동에 가보니, 어째 내가 좋아하던 풍경은 몽땅 사라지고 하루 종일 시끌벅적해서 놀랐다. 덕분에 연쇄살인 사건을 일으키고 싶은 욕구는 시들시들해졌다.

당시의 삼청동 정독도서관 맞은편 골목에 있던 먹쉬돈나를 나는 무척 아꼈다. 이제는 대부분 알 것 같은 먹쉬돈나의 본뜻은 '먹고 쉬지 말고 돈 내고 나가라'로, 근처 여고생들이 지어준 것이라고 한다. 먹쉬돈나를 다니기 시작했을 무렵, 사장 아주머니께서는 몸이 아주 안 좋으셨다. 허리도 안 좋고 등도 아프다고 하시더니 얼마 지나지 않아 갑자기 문을 닫았다. 나는 "아아, 결국 쓰러지셨구나" 하고 안쓰러워하며 도서관에 갈 때마다 분식점 앞을 기웃거렸다.

그러던 어느 날, 분식점 앞에 공책 하나가 달린 걸 발견했다. 뭔가 하고 봤더니 방명록. 주인 아주머니가 수술을 하게 되었다고, 이 공책에 응원을 적어주면 전달하겠다는 이야기에 나와 마찬가지로 이곳을 드나들던 학생이며 단골들이 줄을 서서 공책에 응원글을 적고 있었다.

"힘내세요."

"문 여시기만 기다리고 있어요."

당시엔 SNS가 없었다. 요즘처럼 블로그라든가 페이스북, 인스타그램으로 서로 소식을 전하지 못할 때다. 하지만 입소문은 예나 지금이나 힘이 있다. 산티아고 순롓길까지는 아니더라도 떡볶이 순례를 하는 분위기로 매일 사람들이 찾아왔다. 경건하기 짝이 없는 표정으로 방명록을 펴고 적었다.

"얼마나 당신의 떡볶이를 그리워하는지 모릅니다."

"쾌차하세요."

그러고 반년인가 일 년인가 지난 후 먹쉬돈나가 문을 다시 열었다. 이날도 나는 도서관에 가던 중 우연히 사장님이 가게에서 나오시는 걸 목격하곤 나도 모르게 멈춰 서서 소리쳤다.

"퇴원하셨네요!"

"아, 네!"

"건강하세요! 힘내세요!"

"고맙습니다!"

지금 생각해보면 참 이상한 대화다. 나는 사장님이 아프시기 전 먹쉬돈나에 자주 갔어도 단 한 번도 티를 내지 않았다. 얼굴을 트고 지낸 사이도 아니건만 왜 이때는 그리도 사장님이 반가웠는지, 소리 내 응원하고 싶었는지 모르겠다.

얼결에 단골로 인정받은 떡볶이 집도 있다. 수유역 '깻잎떡볶이'라는 작은 포장마차다. 작년까지 수유역 강북구청 사거리 근처 스타벅스로 주말마다 출퇴근을 했다. 글을 쓰기 위해 카페에 가서는 오전 11시에 갔다가 저녁 6시쯤 귀가하곤 했는데, 이때마다 나는 수유역 근처에 있는 포장마차에서 떡볶이를 5000원어치씩 포장했다. 지폐 한 장을 내밀며 늘 같은 말만 했다.

"떡볶이 2인분 주세요."

나는 생각했다. 고작 일주일에 하루 오는데 날 기억하겠어?

그런데 역시 장사하는 분은 다른 건지, 친구 부부 가게인데 어쩌다 보니 아르바이트를 하게 되었다는 언니는 언젠가부터 내가 오면 환하게 웃으며 "왔어요?" 하고는 슬쩍 남몰래 야끼만두 하나라든가 꼬마김밥 두어 개를 쓱 같이 넣어주셨다. 아, 그게 얼마나 고맙던지.

최근 떡볶이로 정이 든 집은 카페 홈즈 근처 '끼니'라는 분식점이다. 영업한 지는 꽤 됐지만 떡볶이를 판 건 얼마 되지 않은 2018년 봄이었던 듯하다. 언제나 그렇듯 글은 쓰기 싫고 그렇다고 집에 있는 건 더 싫어서 카페 홈즈에 가던 길, 무심코 먹음직스러운 떡볶이 사진을 발견했다.

"국물떡볶이 5000원."

문제의 사진이 눈길을 끈 까닭은 사진 속 떡이 신기해서다. 우동처럼 길고 두꺼운 떡이 흥미로웠다. 실물을 확인해야겠다는 마음에 그날 저녁 바로 찾아갔더니, 정말 사진 속 모습 그대로 우동 가락처럼 긴 떡이 나왔다. 맛도 꽤 괜찮은 것 같아 다음에 또 와야겠구나 마음먹고 일주일 후에 다시 들렀다.

이날, 운 좋게 이 국물떡볶이의 유래를 알게 되었다. 단골인 듯한 아주머니께서 사장 부부에게 "이제 장사가 좀 자리잡혀가나 봐. 이 떡볶이 희한하네" 하자 "집에서 해 먹는 그대로 한번 해봤어요"라며 탄생 비화를 이야기한 것. 나는 귀가 솔깃해서는 "아하, 집에서 이렇게 해드시는군" 하고 속으로 고개를 끄덕인 후 몇 번이고 방문하고 주변에 추천도 하게 되었다.

허탕을 친 적도 있다. 6시가 다 되어 갔더니 지금은 쉬는 중이라는 안내를 받았다. '아니, 분식점도 브레이크타임이 있나?' 하고 의아한 마음에 이틀 후 다시 찾아갔다. 떡볶이를 먹고 계산을 하며 최대한 공손하게 "중간에 몇 시쯤 쉬세요?" 물었더니 사장님께서 한참 쑥스러워하며 대꾸하셨다.

"점심 끝나고 너무 힘들어서 쉬는 건데…… 그래도 6시엔 꼭 열어요. 그 후에 와요."

대체 얼마나 장사가 잘되면 힘들 정도인가 하면서도 나는 문득 먹쉬돈나 사태를 떠올리고는 고개를 끄덕끄덕 "오늘도 감사히 잘 먹었습니다"라고 인사할 수밖에 없었다.

다 먹고 살자고 하는 짓인데 쉴 때는 쉬어야지. 분식점 사장님들, 먹고 쉬지 않고 돈 내고 나갈 테니 오래오래 맛있는 떡볶이 팔아주세요.

텔레비전에 내가 나왔으면

언젠가 이런 말을 들은 적이 있다.

"사람은 일생에 한 번쯤 텔레비전에 출연한다."

이 말을 듣고 생각했다. '그렇다면 나는 이미 두 번이나 텔레비전에 나왔으니, 더는 텔레비전에 나올 일이 없겠구나.'

그런데 소설가라는 직함을 단 후 몇 번인가 인터뷰를 통해 텔레비전에 나가면서 생각이 달라졌다. 아무래도 "일생에 한 번쯤"은 평균치가 아닐까. 그렇게 따진다면 덕후는 작가보다 더 텔레비전과 친하지 않을까.

가을이었다. 당시 가입했던 DSLR 동호회에서 하늘공원에 간다기에 참가했다. 해 질 녘 온통 금빛으로 물든 풍경에 헤벌쭉 돌아다니다가 뒤풀이 자리까지 따라갔다가 자정쯤 돌아왔더니, 늦게 돌아왔다고 타박할 줄 알았던 엄마가 다른 것부터 물었다.

"야, 너 티비 탔냐?"

무슨 소린가 싶어 잘 모르겠다고 대답하자 엄마는 안산에 사는 막내 외삼촌이 전화했다며 덧붙였다.

"너 9시 뉴스에 나왔단다."

그때나 지금이나 9시 뉴스에 나오는 건 그리 좋은 일이 아닐 것 같은 예감부터 든다. 그래서 나는 오늘 무슨 사고를 쳤더라, 속으로 곱씹으며 엄마 눈치를 보다가 이어진 말에 마음을 놓았다.

"기상예보에 나오더라는데."

'내일 맑음' 자막 뒤에 내가 헤실헤실 웃으며 돌아다니는 사진이 떴다는 이야기였다. 그러면서 외삼촌은 덧붙였단다. 너무 바보처럼 웃고 다니지 말라고.

이후에도 두 번 더 덕후로 출연 요청을 받았다. 한 번은 해골녀, 한 번은 셜록 홈즈 덕후였다. 해골녀는 해골 관련 아이템을 하도 모으다 보니 소문이 나서, 셜록 홈즈 덕후는 소설 《홈즈가 보낸 편지》를 내고 촬영 의뢰가 왔었으나, 우여곡절 끝에 두 번 다 촬영 직전 취소되었다.

이런 일을 거듭 경험할 때마다 나는 동요의 한 구절을 떠올린다.

"텔레비전에 내가 나왔으면 정말 좋겠네. 정말 좋겠네."

몇 살 때인지까지는 기억나지 않지만, 이 노래를 들을 때마다 늘 그런 생각을 했다.

"왜 그런 쓸데없는 짓을 하고 싶어 하지?"

어렸을 때부터 상당히 삐뚤어진 인간이었던 듯하다. 텔레비전에 나오는 한 장면을 찍기 위해 얼마나 많은 노력이 필요한지부터 따져보고는, 그 정도 노력을 해서 텔레비전에 나오는 것보다 방바닥에 늘어져 텔레비전에 나오는 사람을 구경하는 편이 훨씬 이득이라고 여겼달까. 이런 마인드를 가진 주제에 자주 출연 요청이 오다니 왜일까.

지금이라면 "덕후니까"라는 대답이 간단하게 나오겠으나 얼마 전까지만 해도 스스로 덕후라는 인식이 없었다. 원래 인간이란 남들이 말해주기 전까지는 자기 자신을 잘 모르는 법이다. 고양이, 해골, 리락쿠마, 카카오 프렌즈 등등 갖은 물건을 모아대는 내게도 이 이론은 정확히 적용된다.

덕후라는 사실을 인정한 후 텔레비전에 나가기도 했다. 페이스북에서 '책읽찌라' 페이지를 자주 들락거리다 책읽찌라가 진행하는 커넥츠북 비밀 신간을 통해 책을 산다든가, 관련 이벤트를 블로그에서 진행했더니 또 덕후라고 입소문이 났다. 이번에는 아예 처음부터 "책읽찌라 덕후시라면서요"라고 TV 프로그램에서 섭외 요청이 들어왔다.

출연하기까지 고민을 좀 했다. 해골, 셜록 홈즈, 놀방파, DSLR 등 지금까지 출연 의뢰가 온 프로그램의 내용을 들여다보자면 그들이 내게 원하는 건 늘 광대였다. 책읽찌라 덕후로 출연했을 때에도 이런 식으로 웃음거리로 등장한다면 곤란하지 않을까 하고 고민한 것이었다.

최근 본 영국 드라마 〈블랙 미러〉의 한 에피소드 '핫 샷'에 이런 이야기가 나온다. 근 미래, 어떤 까닭에서인지 인간들은 거

대한 건물 안에서 산다. 창문 하나 없는 방 안 가득 앞뒤 상하 좌우를 채운 것은 브라운관으로, 사람들은 의무적으로 텔레비전을 본다. 텔레비전을 보기 위해 자전거를 타며 전기를 생산한다.

대체 왜 이런 생활을 해야 하는가. 아무런 목적 없이 살아가는 이들이 공통적으로 빠져 있는 것은 한 리얼리티 프로그램이다. 이른바 '핫 샷'이라는 이 리얼리티 프로그램에 출연하면 인생이 바뀐다. 지금껏 텔레비전을 보는 입장이었던 사람들이 리얼리티 프로그램을 통해 스타로 뽑히면 자신만의 케이블 프로그램을 운영할 권리를 얻는다.

문제의 리얼리티 프로그램에 출연하려면 자격이 필요하다. 그 자격은 자전거를 타는 시간에 비례해서 증가하는 포인트다. 사람들은 한 번쯤 텔레비전의 주인공이 되고 싶다는 목표하에 문제의 포인트를 모으고 소비한다.

그렇게 나간 리얼리티 프로그램, 마이크를 잡고 노래를 부르든 개그를 하든 자신의 선택이다. 어디까지나 중요한 것은 방금 전 자신처럼 브라운관에 갇힌 누군가를 웃고 울리는 일 뿐.

자, 최고의 광대가 되어보아라, 하고 멋진 무대를 요구하는 드라마 속 대중을 보며, 나는 절대로 저런 무대엔 나가고 싶지 않다, 차라리 평생 자전거를 돌리고 살겠다고 생각했더랬다. 하지만 나는 광대가 될 수도 있으리라는 사실을 알면서도 결국 이 방송에 출연했다. 그건 한 사람의 태도 덕이다.

가끔 사람이 아니라 그 사람의 태도를 보고 뭔가를 결정하는 일이 있다. 이때의 내가 그랬다. 방송 출연을 권한 방송작가는 상당히 정중했다. 우선 이메일을 통해 연락을 해왔다. 그걸로 족할 줄 알았건만 방송 분량이 얼마 되지 않는데도 불과하고 친철하게도 대본을 보내왔다. 또 다시 한 번 자신의 입으로 방송의 취지를 설명하며 "이러저러하니 폐가 안 된다면 출연해주시겠어요"라고 묻는 것이 아닌가. 어쩐지 이런 사람이라면 나를 광대로 만드는 일은 없을 것 같았기에 나는 그러겠다고 대꾸했다.

이후로도 촬영팀은 깍듯했다. 집으로 온다는 촬영팀은 약속 시간 정각에 나타났다. 5분 전부터 집 앞에서 대기하고 있었던 것처럼 조용히 있다가 정각에 벨을 눌렀다. 또 시간을 오래 뺏지 않겠다고 이야기하더니 정말 30분 만에 모든 촬영을 마치고 감사했습니다, 인사까지 하고 돌아갔다.

그래도 나는 방송을 보지 않았다. 텔레비전에 출연할 때마다 어쩐지 내 모습은 바보처럼 나왔다. 아침 시간에 방영되는 프로그램이어서 이걸 보려고 늦잠을 포기하고 싶지도 않았다. 방송 당일 내 블로그에 달린 댓글로 반응을 알았다. 블로그 이웃들이 "작가님이 텔레비전에 나오네요!" "좋은데요! 귀여워요!" 하는 것을 보고 나서야 이번에는 방송이 정말 그럴듯했나 보다, 안심했다.

가장 즐거웠던 건 방송이 나가고 일주일 정도 지난 후였다. 기대도 하지 않은 출연료가 들어왔다. 것도 예상치 못한 큰 금액이었기에 이런 출연이라면 몇 번 더 나가도 좋겠다고 생각해 버렸다.

아, 이러다 얼마 안 가 '핫 샷'처럼 유혹에 져버리면 곤란한데.

#2 성덕의 문화 생활

성공한 덕후가 되는 방법

《유리가면》이 또 49권 이후 나오지 않는다. 무려 1976년 시작해 아직도 끝날 생각을 안 하는 이 시리즈에서 내가 가장 먼저 주목한 부분은 '천재란 무엇인가'였다. 주변에서는 다들 천재라고 야단인 주인공 마야는 스스로의 재능을 몰라도 너무 모른다.

어린 시절, 나는 마야를 보며 생각했다. 마야도, 이런 만화를 그리는 스즈에 미우치도, 나랑 별세계 사람이다, 이런 건 천재나 할 수 있는 일일 거다, 라고.

천재는 유치원 시절 초등학생이 대상인 그림 대회에 별 생각 없이 나갔다가 뛰어난 실력으로 심사위원들을 곤혹스럽게 만들어 특별상을 제정하게 하고, 처음 본 피아노 교본을 하루만에 해치운다. 남들은 설명해줘도 뭔 말인지 이해하지 못할 미적분을 초등학교 2학년 때 본능적으로 풀어내며, 아이큐 검사 결과 140이 넘게 나와도 멘사에 가입하는 건 돈 들고 유치한 짓이라며 정중히 거절한다.

살다 보니 이런 천재들을 거듭 만났다. 그 사이에서 살아날 방법을 강구하자니, 적어도 내가 글을 빨리 쓸 줄은 안다는 사실을 깨달았다. 그리하여 어린 시절 내 장래희망은 작가가 되었으나, 어른이 된 나는 아무리 좋게 봐도 《유리가면》의 대작가 스즈에 미우치와는 한참 거리가 멀었다. 이제라도 장래희망을 공무원으로 바꿔야 하는 게 아닐까 진지하게 고민할 무렵, 책 한 권이 운명처럼 다가왔다.

미야베 미유키의 《이유》.

2007년 이 책을 읽은 후 《유리가면》 '기적의 사람' 에피소드 편에서 "WATER!"를 외치던 마야처럼 깨달음을 얻었다. 나는 미스터리를 써야 한다는 걸. 이후 나는 미스터리 덕후로 거듭났다. 《붉은 소파》는 이런 덕질의 결정체였다.

나는 이 책을 출간한 후 정유정, 김탁환, 백민석, 장강명 등 그간 만나고 싶었던 유명 작가들을 차례차례 만났다. 놀랍게도 그 작가들이 날 알아봤고, 나는 자신이 덕질하는 분야에서 인정을 받았다는 의미의 '성덕'(성공한 덕후의 줄임말)이란 칭호를 획득할 수 있었다. (사실 나는 상 자체보다, 정유정 선생님이 받은 상을 타서 작가님의 축하를 직접 들은 '성덕'이 된 게 더 기뻤다.)

요즘 나는 세상이 지나치게 눈부시다(어두운 곳에 숨고 싶어). 악평도 황송하다. 《중쇄를 찍자》의 명대사처럼 악평이 달린다는 건 내 팬이 아닌 사람도 내 소설을 읽는다는 뜻이니까, 모든 평에 달린 이야기는 심사숙고해서 차기작에 꼭 반영할 셈이다. 그때도 또 악평이 달린다면 다시 도전하면 그만이다. 나는 덕후니까. 10년간 해온 일, 앞으로 10년쯤 더 못 할 까닭이 없다. 《유리가면》도 아직 안 끝났는데, 이쯤이야.

\\\

그런고로 내가 지금껏 해왔고, 앞으로도 해갈 덕질 방법을 《유리가면》을 예시로 밝혀본다.

1. 우선 즐기라

《유리가면》에서 마야가 배우로 각성하는 순간 뱉은 대사,

"나, 연극이 좋아! 배우가 될래!"를 따라 하자. 예를 들어,

"나, 소설이 좋아! 작가가 될래!"

2. 자신의 재능을 믿고 누구보다 깊이 파고들라

나는 중학생 때 《유리가면》의 불법 제작 판본인 《흑나비》까지

찾아서 봤다. 후후.

3. 안 된다고 포기하지 말라. 인생 길게 보라

《유리가면》 마야의 트레이드 대사.

"잡을 수 있어! (하악하악)

나는 베스(헬렌/제인/알디스 등등)가 될 거야! (허억허억)"

4. 목표는 높게 잡으라

《유리가면》 같은 발암(다음 편 기다리다 암 걸린다)

만화가(소설가)가 될 테야!

끝내기의 기술

처음 유도 경기를 본 게 언제인지는 정확히 기억나지 않지만, 유도에 관심이 생긴 때는 기억한다. 우라사와 나오키의 만화 《야와라》가 계기였다. 사실 나는, 이 만화를 '장군의 딸'이라는 다소 뜬금없는 제목의 만화로 접했다. 기억하는 사람도 있을 거다. 문방구에서 500원에 한 권씩 팔던, 요즘으로 따지면 미니북이다. 나는 이 만화를 보며 한판 업어치기에 반해서 동생을 뒤에 세워놓고 "야, 가만 있어봐. 그러니까 한판 업어치기가 말이지" 하며 동생의 팔을 잡아 얍! 하고 넘겼고 그날 밤 동생은 잠을 자다 가위에 눌렸다. "누나가 때렸어 엉엉" 하고 엄마한테 이르는 바람에 볼기짝을 맞았다.

좀 더 크고 나서 또 유도를 본 건, 흡사 주인공 야와라를 연상시키는 우리나라 여자 유도선수의 올림픽 경기 덕이었다. 정확히 언젠지는 기억나지 않는다. 70kg대 여자 선수가 금메달을 놓고 상대선수와 끙끙거리는 과정에서 "끝내기 기술, 끝내기 기술 들어갑니까?" 같은 말이 자주 나왔다. 나는 대체 끝내기가 뭐야? 하면서도 분위기에 휩쓸려서는 "한판! 한판입니다!" 소리에 그저 흥분해서 "와아아아!" 소리를 질렀더랬다. (물론, 이 순간 근처의 온 집안에서 동시에 함성이 터졌다.) 당시 나는 어린 나이임에도 불과하고 격렬한 감동에 휩싸였다. 유도는 상대가 효과와 유효를 아무리 많이 따내도 기술 하나 제대로 걸면 무조건 한판승이다. 이 얼마나 짜릿하냔 말이다. 그런데 생각해보면, 글을 쓸 때도 이러하다. 아무리 소설을 쓰는 내내 효과와 유효에 버금갈 재미난 장면들을 잘 적어내도 대단원에 가서 "이게 뭐야?" 싶은 내용이 나오면 독자가 평점 1점을 주고 "나도 작가 하겠네" 말하며 도망간다. (물론 편집자가 그러기 전에 작가를 물어뜯어 만류한다. 나는 자주 만류당한다.) 그렇다면 한판승을 외칠, 끝내기 기술이 제대로 들어간 대단원은 대체 어떤 걸까.

무조건 반전이 들어가야 할까? 그건 아니라고 본다.

반전이 효과적인 소설은 많다. 예를 들어 히가시노 게이고의 《용의자 X의 헌신》은 두말할 나위 없이 감탄할 만한 소설이다. 그렇다고 히가시노 게이고가 늘 반전에 집착했느냐 묻는다면 그건 또 아니다. 히가시노 게이고는 《백야행》이나 '탐정 갈릴레오' 시리즈, '형사 가가' 시리즈 등에서 탄탄한 플롯과 결말로 독자들을 만족시켜왔다.

미야베 미유키는 어떠한가. 미야베월드 '제2막'으로 대표되는 시대물은 물론이거니와 현대물에서도 미야베 미유키는 반전을 거의 쓰지 않는다. 대신, '그럴 수밖에 없는 결론에 이르는 과정'을 꼼꼼하고도 치밀하게 그려내는데 집중한다. 《외딴집》

이나《삼귀》《모방범》은 대표작이라고 볼 수 있다.

영미권에서 빼놓을 수 없는 작가라면 역시 스티븐 킹이다. 흔히 국내 독자들이 장난 섞인 어투로 '스티븐킹왕짱'이라 부르는 이 놀라운 작가는 문장의 힘으로 독자를 압도시킨다. 정신을 차려보면 나도 모르게 스티븐킹왕짱 열차를 타고 시속 60킬로미터, 80킬로미터를 달리는가 싶다가 어느새 200킬로미터로 폭주해서 펑! 하고 폭발해버린다.

《레디 플레이어 원》도 마찬가지다. 스티븐 스필버그의 동명 영화와 달리, 원작 소설은 주인공의 내적 갈등과 성장에 집중한다. 간단하게 한 줄로 이야기를 정리하자면, '히키코모리가 어떻게 세상을 구원하는가'에 대한 내용이라 할 수 있다. 특히 이 히키코모리가 세상을 구원하는 하이라이트, 마지막 대단원은 웅장하다 못해 충격적이기까지 하다. 영화를 먼저 봐서 반전을 알고 있음에도 불구하고 그만 "으악!" 하고 놀라고 만다. 모든 전쟁이 끝났다고 생각하는 순간 시작되는 또 하나의 구원, 고요하기 짝이 없는 대단원엔 눈물을 흘리지 않을 방도가 없다.

〈고양이 마을〉을 둘러싼 모험

무라카미 하루키의《1Q84》를 읽고 났을 때 가장 인상 깊은 부분은 소설의 첫 장에 등장한 야나체크의 '신포니에타'와 2권에 등장하는 정체불명의 단편소설 〈고양이 마을〉이었다. 주인공 덴고의 여정을 함께하며 고양이들이 인간처럼 살아가는 마을의 이야기를 읽자니, 이런 책이 실제로 한 권쯤 존재할 것만 같은 기분이 들었다.

아직 문제의 책을 찾아내진 못했으나 뒤적이는 과정에서 비슷한 느낌의 책을 발견할 수 있었던 고로, 혹시 나처럼《1Q84》를 읽고 나서 〈고양이 마을〉에 호기심이 생겼을 사람들을 위해 몇 권 소개해보기로 한다.

후지와라 신야의 책《인생의 낮잠》에는 고양이 섬에 대한 이야기가 나온다. 이 책에 소개된 에피소드를 무라카미 하루키 덕후스럽게 표현하자면, '고양이가 없는 오키카무로 섬을 벗어난 후지와라 신야와 친구가 순례를 떠난 해'에 '총알택시를 둘러싼 모험'에 휩쓸렸다가 '나사케 섬 재습격'을 통해 '쿨하고 와일드한 고양이 떼'의 '후와후와'한 풍경을 목격했다는 내용 정도 되겠다. (모두 무라카미 하루키의 소설 제목을 흉내 낸 거다.) 이렇게 말하면 진입 장벽이 너무 높아지니 조금은 덕후의 등급을 낮춰 다시 한 번 줄거리를 소개하기로 한다.

후지와라는 친구와 함께 몇 년 전에 봤던 신문기사 하나를 단서로 삼아 무작정 여행을 떠난다. 목적지는 야마구치 현에 있는 오키카무로 섬이다. 인구의 두 배에 가까운 숫자의 고양이가 살고 있다는 사연에 호기심이 동해 어렵사리 섬을 찾았건만 이게 웬걸, 현지 사정은 '고양이 섬'이란 이름이 아까운 수준이다. 알고 보니 6년 전 섬에 철교가 생긴 후 고양이의 수가 급격히 줄어들었다고 한다. 두 방문객은 허탈하다. 그렇다고 여기까지 와서 아무것도 못 건지고 갈 수는 없다. 이때, 두 방문객에게 또 다른 고양이 섬의 제보가 들어온다. 나사케 섬, 무려 갓 잡은 생선을 고양이들에게 던져주는 인심 좋은 곳이라는데…… 그리하여 다시 먼 길을 떠난 두 방문객을 나사케 섬에서 맞이한 것은 탄성을 지를 수밖에 없는 고양이 떼의 풍경과 그 사이에 낀 '어떤 생명체'였다.

지난 2월 제주도에서 며칠이고 함께 그림을 그리며 노닥거린 게 인연이 된 일러스트레이터 겸 작가인 김지은 씨가, 3월 초 궁디팡팡마켓에 참가한다는 소식을 듣고는 무작정 자원봉사를 빙자한 덕질에 나섰다.

김 작가가 고양이 초상화를 그리는 동안 나는 김 작가가 자체 제작한 한정 배지 '쉼표 고양이'를 판매하는 둥 마는 둥, 고양

이 마을 같은 행사장을 돌아다니며 고양이 반지도 껴보고 고양이 드림캐처도 사보고 고양이 인증샷도 찍다가 책방 '슈뢰딩거의 고양이'가 행사에 참가했다는 이야기에 부스를 찾아가 초면의 사장님께 책 추천을 강요하기까지 했다. 이렇게 얻은 책《또 고양이》를 '야옹충만'한 마음으로 돌아가는 길에 펴보니 아, 이것이야말로〈고양이 마을〉, 그 자체였다.

작가는 왕위팅, 필명은 '미스캣'으로 대만 출신이다. 그런데 묘하게 책엔 일본풍의 고양이가 득시글하다. 어째서 그럴까, 사연을 파고들어보니 우키요에 형식으로 그린 까닭이란다. 탁월한 선택이다. 야옹찻집, 고양이 과일 가게, 벚꽃 도시락, 묘욕탕 등을 보자면 정말이지 일본 어딘가에 이런 마을 하나쯤 숨어 있을 것 같다. 더불어 고양이 마을 풍경 한 장, 그와 관련한 고양이들의 이야기를 쓰다듬자니 묘한 상상을 하고 만다.

로또가 당첨될 확률로 내가 세계적인 작가가 되어 무라카미 하루키와 만난다면 이 책들을 선물하고 싶다. "당신이 쓴《1Q84》를 읽고 이 책들을 찾아냈어요"라고 말하면 어떤 반응을 보일까. "내 덕후겠거니" 하고 웃고 넘기려나, 아니면 함께 '신포니에타'라도 듣자고 청해주려나. 후자라면 참 좋을 것 같은데. 아아, 그 정도로 성공한 덕후가 되려면 갈 길이 구만리로고.

지극히 평범한 양심통

웹툰 〈용이 산다〉에는 소설가 김용이 등장한다. 우리가 아는 중국의 무협소설 대가 신필(神筆) 김용이 아니라, 판타지 소설을 쓰는 진짜 '용'이다. 이 웹툰에서 누군가 김용이 쓰는 소설을 가리켜 "이건 소설이 아니라 논픽션이잖아"라고 이야길 하면, 김용은 글을 쓰는 게 얼마나 힘든가를 토로한다.

마감을 피하기 위해 옆집으로 도망치는 것은 기본, 어지간해서는 제때 원고를 넘기는 법이 없기에 편집자는 김용의 원고를 받기 위해 갖은 노력을 한다. 물론 이것은 어디까지나 김용이 인기가 많은 덕이다. 김용은 베스트셀러 작가이며, 독자들은 눈이 빠져라 김용의 신작을 기다린다. 나는 이 웹툰 〈용이 산다〉를 지금껏 세 번이나 정주행하며 김용의 기분에 지극히 공감했다. 김용이 마감을 하기 싫어 머리 주변에 후광까지 그리며 해탈하는 부분이라든가, 동굴에 처박히니(이 동굴은 비유도 은유도 아닌 진짜 할머니 용이 사는 동굴이다) 글마저 잘 써지더라는 에피소드를 볼 때엔 열렬히 공감하며 "내가 그래서 전화를 꺼버리는 거야!"라고 소리를 지르기까지 했다. (지난해, 하도 글이 안 써지기에 전화기를 끄고 엄마의 태블릿만 빌려 쓰는, 문명과 약간은 동떨어진 생활을 시도한 바 있다.)

이런 김용의 특징 중 하나는 '양심통이 있다'는 것이다. 이는 김용을 아우르는 용족 전체의 특징으로, 죄책감을 느끼면 양심통을 느껴서 심하면 죽을 위험에 빠진다는 설정이다. 나는 이 양심통에 격하게 공감했다.

나도 양심통이 있다. 그것도 죽을 만큼 아픈 수준의 양심통. 죄책감을 느끼면 온몸에서 열이 나면서 소화도 안 되고 심할 때엔 응급실에 실려가기까지 한다. (실제 상황이다.) 하도 이런 일이 반복되어 제 발로 병원에 찾아가니 "그렇게 태어났다"는 진단을 받았다. '기분이 안 좋아서 암에 걸려 죽을지도 모르겠어'란 생각을 하면 정말 그런 일이 일어날 수도 있으니 상상 비슷한 것도 하지 말라고 했다.

나는 최대한 긍정적인 생각으로 자신을 갈고닦으려 노력하지만 어떤 날은 도무지 방법이 없다. 세상이 날 버린 것 같고, 억울하고, 어딘가 하소연하고 싶고, 울고 싶고, 누군가 트집을 잡아 싸우고 싶다. 그런 날이면 나는 나만의 동굴에 처박힌다. 예를 들어, 웹툰 〈용이 산다〉라는 이름의 동굴 같은 곳으로.

언제나 지금, 당신이 재미난 책을 읽으라

어렸을 때부터 이것저것 읽는 걸 참 좋아했다. 특히 초등학생 때 좋아했던 건 '지'나 '기'로 끝나는 것들, 예를 들어 《초한지》《삼국지》《서유기》 같은 것들이었다. 특히 이 중에 좋아한 건 《서유기》였다. 이때는 아직 《드래곤볼》을 보기 전이었는데, 묘하게 《서유기》에 끌려서는…… 사실, 처음 《드래곤볼》을 보게 된 건, 《서유기》가 소재였기 때문이었다. "치키치키차카차카초코초코초"로 시작하는 허영만 아저씨의 만화가 원작인 애니메이션 〈날아라 슈퍼보드〉도 마찬가지고. 이런 식으로 《서유기》를 하도 보다 보니 나름 자신이 생겼다. 《서유기》와 관련된 건 뭐든 난 대답할 수 있다, 무슨 책이든 내게 어디 묻기만 해봐라, 내가 뭔들 대답을 못 할 것 같아? 코웃음을 쳤다. 이런 내게, 정말로 자랑할 기회가 생겼다. 초등학교 5학년 때로 기억하는데, 반에서 퀴즈대회가 열린 것.

대단한 건 아니었다. 선생님이 퀴즈를 내고, 분단별로 앉은 학생들이 퀴즈를 맞추는 거였다. 나는 좀, 자신이 있었다. 특히 책과 관련된 건 내가 다 맞출 수 있을 것 같았다. 실제로 내 분단

애가 독서 퀴즈를 푸는데 전혀 대답을 못하자 나는, 아주 작은 목소리로 계속 정답을 말했다. "4." "1." "바보야, 그건 여의봉이고." 그 소릴 짝꿍이 들었나 보다. 갑자기 학교 마라톤 역전 주자라도 고르는 듯한 분위기로 선수 교체를 요청한 후, 나보고 앞에 앉으라고 했다. 나야 당연히 자신이 있었다. 훗, 너희는 이제 나의 지식에 놀랄 거다. 그러고 첫 번째 질문이 들어왔다.

"삼장법사의 다른 이름은?"

평소 같으면 한 5초도 지나지 않아, "현장이지. 그걸 문제라고?"라고 했을 것이다. 나는 이때에 정말로, 저렇게 생각하고 손을 들었는데 막상 대답을 하라고 하자 갑자기 멍해졌다. 현장인데, 아니 그게 현장이라고 어디에 적혀 있는지까지 기억이 나는데 나는 왜……

주변에서 애들이 날 불만스럽게 쳐다봤다. '아니 왜, 아깐 그렇게 잘하더니 대답 못 하고 그러시나?' 같은 빈정대는 표정이었다. 이건 내가 생각한 시추에이션이 아니므로 나는 일단 입을 다물고 다음 문제에 집중하기로 했다.

또 아는 질문이 나왔다. "손오공 머리에 쓴 고리의 이름은?" 그야, 금고아 혹은 긴고아지. 나는 또 자랑스럽게 손을 번쩍 들었다. 그런데, 이번에도 마찬가지였다. 손을 들자 머릿속이 비어버렸다. 당최 기억이 안 났다. 결국 나는 빛 좋은 개살구를 증명하며 무대에서 내려왔다. 이후 나는 아주 소소한 깨달음을 얻었다. 내 생각보다 나는 훨씬 더 소심하다는 것과, 내가 아는 것과 남들 앞에서 내가 아는 것에 대해 이야기하는 것은 다른 이야기라는 사실, 말이다.

책이라는 거, 이야기하기 참 어렵다. 독서라는 거, 시간만 들이면 다 읽을 수 있을 것 같은데 사실 그렇지 않다. 독자의 취향은 천차만별이다. 누군가는 손오공 머리 위에 쓰는 고리의 이름이 뭐니, 《드래곤볼》 마지막 화에서 어떤 인물이 손오공의 후계자가 되느니 같은 걸 다 알고 흥분하며 신이 나서 말할 수도 있겠으나 어떤 이는, 그게 무슨 개 풀 뜯어 먹는 소리냐는 듯한 표정으로 아무것도 이해하지 못해 눈을 끔뻑일 수도 있다는 거다. 그래서 우리는 가끔 방향키를 찾는다. 내게 딱 맞는 책을 골라줄 누군가를 간절히 원한다. 자, 그렇다면 내게 딱 맞는 책을 고르려면 어떻게 해야 할까.

일단 도서관에 간다. 혹은 서점에 간다. 사방에 깔린 책을 아무거나 손에 든다. 읽는다. 100페이지까지 쉬엄쉬엄 읽히면, 흥미롭다는 생각이 들면 "와! 이거 재밌어!" 하고 읽으면 된다. 다음 책을 고를 때엔 재밌다고 생각한 책을 방향키로 잡는다. 비슷한 책을 찾아보고, 또 100페이지쯤 읽다가 재미있으면 읽으면 그만이다. 물론, 재미없으면 관두면 된다. 어디까지나 독서는 개인적인 일이니까. 그러다 보면 희한한 날이 온다. 예전에 재미없게 본 책이 너무나 재미있게 보이는 작은 기적이랄까.

처음 대학에 입학했을 때 나는 참 책 욕심이 많았다. 학교 도서관에 가면 오늘은 어느 칸의 책을 다 읽겠다는 막연한 고집을 부리는 식이었다. 그런 내가 대학교 1학년 때부터 도전한 책은 소설가 박상륭의 책들이었다. 수업 시간에 박상륭의 소설에 대해 배운 후,《아겔다마》를 읽고 싶어졌다. 그런데 아무리 읽어도 읽히지 않았다. 아니, 정정하자. 읽기는 하는데 이게 뭔 헛소리인지 이해가 되지 않았다. 그래서 어떻게 했느냐, 좀 읽다가 덮었다.

도서관이야 늘 그 자리에 있고, 나에겐 아직 4년이란 시간이 남아 있었으며, 내가 읽을 수 있는 책은 그 외에 많았다. 김용이라든가, 폴 오스터라든가, 밀란 쿤데라를 술렁술렁 읽으면서 가끔 움베르트 에코나 파트리크 쥐스킨트를 집적이는 것도 나쁘지 않았다. 그러다 좀 지겹다 싶으면 일본 문학으로 돌아왔다. 야마다 에이미를 보다가 이것만 보면 섭섭하니까 에쿠니 가오리도 좀 보고, 그러다 보면 또 센 게 보고 싶어져서 이번엔 뚱딴지같이 러브크래프트를 찾는 식이었는데, 생각해보면 나는 이때부터 지금처럼 남들이 보기엔 마구잡이로 책을 읽었던 듯하다.

문제의《아겔다마》가 재밌어지기까지 3년 반이 걸렸다. 4학년 1학기 때 어디 한번 또 한 번 보자, 이런 마음으로 책을 들었다. 그런데 이게 웬일인가, 굉장히 재밌었다. 단어 하나하나가 흥겨운 어깨춤이라도 추는 것처럼 눈앞에서 떠다녔다. 나는 뭔가에 홀린 것처럼 이때 처음으로《아겔다마》를 완독하고는 아아, 그래, 이게 바로 재밌는 책이야, 를 중얼거리고 말았다.

이런 식으로 시간을 두고 책에 도전한 일이 어렸을 때부터 참 많았다. 끈기의 소산이었고 집착의 발로였다. 어디 네가 이기나 내가 이기나 한번 두고 보자는 식으로 물고 늘어지면 언젠가는 내가 이긴다.

느긋하게 살자. 너무 조급하게 읽어치우려고 하지 말고 언제나 지금, 당신이 재미난 책을 읽으라. 재미가 없고 잘 읽히지 않으면 무리하지 마라. 분명 재미가 있는 순간이 온다. 그 순간을 기다려라. 하지만 기다리는 동안 손 놓고 지내진 마라. 찰나는 그냥 오지 않는다. 기다린다는 것과 노력한다는 것은 같은 말이다. 나는 수많은 책에서 그것을 배웠다.

또 한 번 가슴이 쿵, 내려앉는 경험을 하고 싶어서

2018년 여름, 한 출판사 페이스북에서 《박완서의 말》이 출간된다는 소식을 들었다. 나는 댓글로 물었다. 혹시 이 책에 〈너무나 평범한 죽음〉이란 글이 실렸나요?

《박완서의 말》이 《수전 손택의 말》이나 《헤밍웨이의 말》과 마찬가지로 인터뷰집 시리즈라는 건 안다. 그럼에도 불구하고, '혹시나, 어쩌면' 이라는 기대로 이 글이 실렸냐고 묻는 것은 아마도 또 한 번 가슴이 쿵, 내려앉는 경험을 하고 싶어서일 게다. 죽음, 그 평범하면서도 사소한 일상을 통해 지금을 들여다보기 위하여.

가끔 그런 책들이 있다. 책의 내용 자체보다 덧붙은 서문이나 추천사가 좋아 인상에 남는 책. 내 인생엔 이런 책이 두 권 있다. 이 두 권의 책을 이야기할 땐 표지나 내용, 목차가 아니라 일단 서문과 추천사를 이야기한다. 문제의 두 권은 바로 야마다 에이미의 《공주님》과 악셀 하케의 《사라진 데쳄버 이야기》다.

고등학생 때 PC통신을 했다. 나는 잡학상식퀴즈방과 영화

퀴즈방, 흔히 잡퀴방, 영퀴방으로 줄여 말하는 두 모임에서 주로 활동하며 현역 대학생은 물론, 각종 분야에서 활약하는 분들을 만났다. 모임 이름 탓인가 멤버들도 문화 예술 계통이 대부분이라 만나서 나누는 이야기도 일상적인 주제에서 조금 벗어나 있었다. 술이 좀 들어갔다 싶으면 빠지지 않고 나오는 이야기가 이상문학상과 무라카미 하루키, 무라카미 류였다. 나는 모임에 나갈 때면 사람들의 이야기에 귀를 기울였다가 다음 날 집 근처 도서 대여점에 들렀다. "이러저러한 책이 있나요?"라고 묻고 언급된 책들을 빌려 봤다. 왜 그렇게 했느냐. 이유는 간단했다. 나도 어른들의 대화에 끼고 싶었으니까. 지금 생각해보면 이러한 경험이 훗날 다양한 분야를 섭렵하게 된 계기가 된 것이니, 그저 고마울 따름이다. (이때가 아니면 내가 어떻게 양자물리학 관련 책까지 찾아봤겠어.)

대학에 들어간 후 더 많은 것을 알고 싶은 욕망은 학교 도서관 애용으로 이어졌다. 무라카미 하루키와 무라카미 류에서 시작해서, 차례차례 일본소설 서가를 읽어치웠다. 그중에서도 특히 마음에 든 건 야마다 에이미였다. 자극적이면서도 말랑말랑한 분위기가 아마도 20대 초반 특유의 코드에 맞은 게 아닐까 생각한다. (지금 보라면 사실 읽기 힘들다.) 《120% COOOL》(O가 몇 개인지 늘 헷갈린다)은 거의 내 책이나 마찬가지였다. 한 번 보고 잠깐 쉬고 또 빌려다 보고 또 빌려다 보고, 대학을 졸업할 때까지 그렇게 끊임없이 재독하다가 나중에 필사까지 했었으니 어지간히 좋아했다.

사회에 나간 후 야마다 에이미와 재회한 것은 2007년 종각 영풍문고에서였다. 야마다 에이미의 《공주님》을 우연히 봤다. 미니스커트를 입은 여자의 뒷모습에 묘한 향수를 느껴 충동구매했다. 그렇게 읽은 이 책은 소설보다 서문이 가슴에 꽂혔다. "내 꿈은 잔인하고 냉혹한 할머니가 되는 것이다"라는 문장이 잊히질 않았다. 왜 이 문장이 그리 마음에 들었는가 따져보자면 서두의 추천사가 맘에 들어 기억에 남은 한 권의 책을 떠올릴 수밖에 없다. 악셀 하케의 《사라진 데쳄버 이야기》(대원미디어, 1996).

이 동화를 처음 읽은 건 고등학생 때였을 거다. 1996년도에 발간된 초판본이니 아마도 《좀머 씨 이야기》와 함께 읽지 않았을까. 누구나 그렇겠지만 사춘기 시절엔 늘 자기 자신과 죽음과 삶, 우주와 소멸 같은 것을 생각한다. 요즘에는 이런 걸 가리켜 '중2병'이라고 말하기도 한다. 세계의 중심이 자신이라고 생각한다는 점에서는 일본에서 말하는 "세카이(世界)계"와 일맥상통하는 바도 있다. 그런 죽음에 대한 심취의 끝에 우연히 잡게 된 책에서 발견한 박완서의 추천사 〈내가 꿈꾸는 작아지기 혹은 커지기〉의 메시지는 얼마나 큰 충격을 주었던지.

추천사의 첫 문단은 이렇게 시작한다. "어렸을 때 죽음에 대해 얼마나 생각했는지 지금 생각해낼 수는 없다. 막연한 공포감이 전부였을 것이다."(5쪽) 그렇게 시작한 글은 이렇게 끝난다. "이 책을 읽고, 내가 꿈꾸는 죽음은 고작 그 정도다. 그러나, 그 꿈도 크다고 생각한다."(12쪽)

이 책은 후에 두 차례 복간됐다. 목차를 살펴보니 제목이 바뀐 데다가, 박완서의 추천사 역시 빠진 듯했다. 그래서 나는 두 복간본 모두 구입하지 않았다. 이 책 자체보다 이 책의 앞에 붙은 박완서의 추천사에 마음이 쿵하고 내려앉았기에, 그런 박완서의 말로 시작하는《사라진 데쳄버 이야기》를 집에 두고 싶었던 것이었기에.

다정한 공감의 기록

중학교 1학년 3월까지 안산에서 살았다. 기억에 남는 친구들이 있다. 초등학교를 졸업하며 헤어질 때 엉엉 부둥켜안고 울었던 친구들이라든가, "얘가 너 좋아한대. 사진 한 장 찍어줄래?"라며 부끄러운 표정으로 사진을 찍자던 승준이라든가. 대학에 들어갔을 무렵 아이러브스쿨이 유행하면서 초등학교 친구들을 만나는 일도 있었다. 친했던 친구들은 한 명 없었어도 꽤 반가웠다. 아, 내가 초콜릿을 줬던 그 녀석은 어떻게 살까. 잠시 떠올리며 즐거워했달까. 하지만 이런 식의 다정한 기억은 어디까지나 세월호 참사 이전까지의 일이었다.

2014년 4월 16일, 그날도 나는 출근을 했었다. 처음 뉴스를 듣고는 웃었다. "어이없네. 요즘 세상에 무슨 배가 가라앉아?" 그러고 나서 전원 구조란 말을 봤을 때 당연한 일이라고 생각했다. 그 후로는 전혀 뉴스를 보지 못하다가 오후에 출근했더니 카페가 시끌벅적했다. "그거 오보란다, 애들 다 죽었대." 나는 말도 안 된다고 무시하고 업무를 시작했다. 바다에서 배가 좌초되어도 나는 커피를 뽑아야 했으니까. 무엇보다 믿기지가 않았다. 그런 일이 있을 리가 없다고 계속 생각하다가, 새벽 무렵 자기 직전에야 뉴스를 확인하고 기가 막혔다. 하지만 이때까지만 해도 그리 걱정을 하거나 슬퍼하지는 않았다. 그런 일이 일어났다고 하더라도 내일 나는 출근을 해야 하니까, 안타까운 일이지만 어쩔 수 없다는 생각을 했던 듯하다.

뭔가 이상하다는 생각을 한 건 그로부터 일주일 후였다. 끊임없이 잠수부들이 수색을 하고, 여러 의혹이 제기됐지만 원인이 밝혀지지 않았다. 그러다 뒤늦게 배에 타고 있던 아이들이 안산에 있는 단원고 학생들이라는 사실을 알고 기분이 묘해졌다.

동창 중 한 명은 안산에서 고등학교 졸업하자마자 결혼을 했다. 2014년 당시 동창의 아이들이 고등학생이었다. 자세한 사정을 뒤늦게 파악한 후 이 친구를 떠올렸다. 별일 없을까 하고 인터넷을 뒤지다가 유가족의 이름을 우연히 봤다. 그런데 그 유가족에 친구의 이름이 떠 있었다. 놀라 사진을 검색했다. 설마 정말 내 친구에게 이런 일이 생긴건가 했다가 잠시 후 가슴을 쓸어내렸다. 얼굴이 달랐다. 다시 생각해보니 성씨도 달랐다. 그러나 이날 이후 내 마음에 변화가 생겼다. 더는 세월호 참사가 남 일 같지 않았다.

자주 죄책감을 느꼈다. 정말 아무것도 할 수 있는 일이 없었나, 나는 이것밖에 안 되는 인간인가 같은 생각을 하자면 안산에서 지냈던 어린 시절 기억 중 안 좋은 일, 괴로웠던 일만 떠올랐다. 예전에 떠올리던 어린 시절은 늘 즐거운 일뿐이었는데 어쩌다 이렇게 됐을까. 그러다 막연히 깨달은 것은 기억은 부동형이 아니라 능동형이라는 사실이었다. 기억은 총천연색이다. 완벽히 슬픔으로 물드는 일도, 기쁨으로만 새겨지는 일도 없다. 한 가지 색으로 물든 기억이 있다면 그건 기억이 아니라 추억이다. 나는 슬픔과 죄책감으로 어린 시절의 기억을 애써 채색하며 그것이 잊지 않는 방편이라고 여겼던 것은 아니었을지.

이런 생각이 조금 나아진 것은 책방 '그래요 우리는'에서 열린 다큐멘터리 영화 상영회 덕이었다. 이곳에서 나는 〈친구들: 숨어 있는 슬픔〉이라는 영화를 접했다. 이 영화에는 또 다른 내가 있었다. 잠깐 좋아졌다가도 다음 순간이면 죄책감에 사로잡히는 어린 친구들의 자화상.

그들은 이야기한다. "고통에도 계급이 있다면 우리가 받는 고통의 계급은 유가족이 겪는 고통의 계급보다 약할 것이다. 그러니 우리는 그들만큼 힘들어해서는 안 된다." "부모님이 우리 보고 왜 그렇게까지 힘들어하냐고, 이해가 안 된다고 말할 때가 제일 힘들었다." "그냥 들어줬으면 좋겠다. 힘들어도 괜찮다고 말해줬으면 좋겠다." 연잇는 대화, 울먹임, 분노, 그리고 이런 이야기를 듣다가 저도 모르게 토해내는 이야기들. "나는 세월호 사건에 직접적인 관련은 없습니다. 하지만 내게도 힘든 일이 있어요." "저는 사실 힘든데 티를 낼 수 없었어요. 말하면 저를 이상하게 볼까 봐 두려웠어요." "괜찮다고 말해도 괜찮다. 힘들어도 좋다. 너는 살아도 괜찮다." 서로를 다독이는 다정한 공감의 기록, 〈친구들: 숨어 있는 슬픔〉 그 속에는 "들어줘서 고마워요", 감사할 줄 아는 그들의 따스한 젊음이 있었다.

오늘따라 쉼표가 내게 말을 건넨다

2003년 그즈음으로 기억한다. 우연히 인터넷에서 한 화가의 그림을 발견하고 감탄했다. 그의 그림을 직접 보고 싶다는 생각을 막연히 했다. 화가의 싸이월드와 개인 홈페이지를 여기저기 뒤지다 보니 현재 인사동에서 전시회를 열고 있다는 사실을 알 수 있었다. 짤막하게 가겠다고 방명록을 남기고 찾아갔다. 그렇게 만난 화가는 너무나 다정한 사람이었다. 나는 아직도 화가가 내게 건넨 말을 기억한다.

"내 그림에서 튀어나온 사람인 줄 알았어요!"

나는 지금과 전혀 다른 사람이었다. 2년간 우울증을 앓았다. 몸무게가 계속 줄어 뼈밖에 남지 않았다. 척박해진 삶을 달래려고 긴 머리를 싹둑 잘랐다. 머리카락과 함께 나를 지치게 만든 것들을 모두 쓸어내려 부산으로 여행을 떠나던 길이었다. 그런 내게 화가는 내가 자신의 그림에서 튀어나온 듯하다며, 붉은 머리의 개구쟁이 같은 숏컷 여자가 나와 닮았다고 말했다.

그 한마디가 오랜만에 내 인생에 쉼표를 찍어주었다. 나는 감사한 마음에 화가를 꽉 끌어안고 싶었으나 이상해 보일까 봐

참았다. 대신, 내가 반한 그림과 화가를 함께 한 장의 사진으로 남겼다. 나의 절망을 해맑음으로 달래준 그녀가 스타가 되길 바랐다. 내 소망은 이뤄졌다. 훗날 세계적으로 유명해진 이 화가의 이름은 육심원이다.

나는 그 후로도 비슷한 경험을 많이 했다. 누군가 만나고 싶다는 간절한 마음으로 찾아가면, 훗날 그가 엄청나게 유명해진다. 최근에도 이런 감탄으로 한 화가를 제 발로 찾아가 만났으니, 뜨개질이 취미인 친구 한 명이 월차까지 내고 국회의사당 앞으로 뛰어나간 날이었다. 이날 나는 화가 난주를 만나러 홍대 앞으로 향했다.

광장을 물들이는 촛불처럼 화가 난주는 색색의 점을 펜촉으로 찍어 그림을 그린다. 코앞에 갖다 대고 그림을 보면 점이지만 멀리서 보면 하나의 그림이다. 한 장 한 장 그림마다 마침표, 쉼표, 물음표, 느낌표가 숨어 있고, 그것들은 각기 피어오르는 꽃이 되었다가 개미가 몰고 다니는 씨앗으로 탈바꿈했다가 마침내는 나비로 변한다. 이윽고 하늘을 나는 나비들 아래로 흐드러지게 제비꽃이 핀다. 꽃잎 사이사이의 다양한 문장부호들은, 각기 그 자리에서 제 책임을 다 하기에 우리의 삶은 의미가 있다고 속삭이는 듯하다.

화가는 자신의 책에 사인을 해줬다. 펜을 몇 개고 골라 꺼내기에 뭘 쓰려고 저러나 봤더니, “작가님은 제가 특별히 개미를 두 마리 그려드릴게요” 하고는 낙관 찍듯 개미 두 마리를 그린다. 천천히 잇는 볼펜의 선이 감사하기 짝이 없다.

저분이 작가님?
저… 방명록을 남긴
사람인데요…
어멋!
제 그림에서 튀어나온 사람 같아요!
제가요…?

집으로 돌아오는 길, 인터넷에서 대통령 탄핵소추안 이야기가 연달아 나왔다. 나는 그 뉴스를 눈으로 훑다가 한숨을 깊게 내쉰다. 화가의 책 《문장부호》를 한 장 한 장 넘겨보기로 한다. 각각의 문장부호들 중 어쩐지 쉼표에 한없이 눈길이 가서 손가락으로 쉼표를 쓸어본다. 오늘따라 쉼표가 내게 말을 건넨다. 쉬어도 좋다. 삶은 점의 연속이니까, 점이 선이 되려면 조금 더 시간이 걸릴 테니까 지금은 잠시 쉬어가도 좋다. 이 순간만큼은 잠시, 안녕하기로 한다.

☽

사라지는 것과 살아지는 것

정월 대보름, 달집태우기를 보러 친구들과 남산 한옥마을에 갔다. 소원을 적은 종이와 부적을 새끼줄에 매단 후 이제나저제나 기다리며 덜덜 떨었다. 그러는 동안 무대에서는 사물패가 신명나게 놀아댔으나 접시돌리기도 사자춤도 마음이 동하지 않았다. 중2병이 도진 관계로 우울한 상념만이 머릿속에 가득해, 왜 이리 시작을 안 하나 짜증만 났다.

한 시간여를 기다린 끝에 달집태우기가 시작됐다. 영하의 날씨에 발을 동동 구른 보람이 있었다. 달집은 남산을 집어삼킬 요량으로 활활 타올랐다. 바람을 탄 불티가 어찌나 사방팔방 튀던지 말 그대로 불티나게 도망쳐 정신을 차려보니 나 혼자. 좁은 남산 한옥마을서 "넌 어디? 난 여기", 전화를 들고 야단법석을 떨어야 했다.

가까스로 친구들과 상봉에 성공했으나 시선은 달집을 벗어나지 못했다. 이 풍경을 마지막으로 본 것이 5년 전이라는 사실을 문뜩 떠올린 탓이었다. 대체 뭔 일이 그리 많아 그간 단 한 번도 대보름을 즐기지 못했나 이것저것 따져보며 예전의 나와 지금의 나를 비교하자니 당연하다는 듯 최근 쌓아두고 읽은 책 더미 중 몇 권이 머릿속을 스치고 달아났다. 민음사 설립자 박맹호 타계 후 재독한《책: 박맹호 자서전》이라든가, 너무 오래 기다린, 그러나 결코 기대를 저버리지 않은《공터에서》라든가.

《책: 박맹호 자서진》은 출간되자마자 바로 샀다. 민음사 하면 이 나라 출판의 역사 그 자체나 마찬가지 아닌가. 책의 내용은 기대를 저버리지 않았다. 그간 궁금했던 민음사의 종로사옥 시절 이야기나 어린이책 전문 자회사 비룡소의 발인, 고인이 생전 등단했다는 단편소설의 전문을 기웃거리자면 어쩌면 내 과거의 일부분이 책 속에 있을지도 모른다는 생각에 가슴이 설렜다. 하지만 5년이 지난 지금에 이르러서는 전혀 다른 부분에 눈길이 갔다.

책 말미에 인명 색인이 있었다. 대부분이 내가 아는 작가들이었다. 나는 잠시 상상의 나래를 펼쳤다. 누군가 내 이름을 자신의 자서전 말미 색인으로 담는 상상. 당연히 소중하고 훌륭한 사람으로 기록되리라는 근거 없는 자신감에 괜히 히죽히죽 웃었다.

《공터에서》엔 전혀 다른 방식으로 나의 현재와 과거가 쓰여 있었다. 작가 김훈, 하면 가장 먼저 떠오르는 것은《칼의 노래》도《화장》도 아닌 '광화문 그 사내'다.《칼의 노래》의 원래 제목이 '광화문 그 사내'였다는 이야기를 언젠가 북스피어 블로그에서 읽고 한참 웃었다. 내가 그토록 감동받았던 소설에 그런 재미난 에피소드가 있었을 줄이야. 《칼의 노래》를 재독하지 않을 수 없었다. 신작 소설 역시 예약 판매가 뜨자마자 앞뒤 양옆 재지 않고 바로 구매했다. 예약한사람들 중에서도 선착순 한정된 인원만 친필 사인 양장본을 받을 수 있다는 사실에 덕후의 마음이 동하였다.

기다림 끝에 받은 책은 표지부터 마음에 쏙 들었다. 대관절 저 말은 무슨 연유로 허리가 끊겼나 안타까운 마음에 보지도 않은 책의 내용을 지레 짐작하고는 이 긴가민가한 기분이 옳은지 그른지 확인하기 위해 밤을 새서 페이지를 넘길 수밖에 없었으니, 막장에 치달은 끝에 발견한 것은 서른아홉 인생 대부분을 살았음에도 드문드문 알았던 우리 동네 언덕 저 너머 어딘가, 실제로 있었을지도 모를 죽음이란 이름의 삶이었다.

죽어서 한 권의 책이 되어버린 고인의 자서전을 함께 읽은 탓인가, 아니면 중2병이 심한 탓인가, 이번엔 나도 모르게 가까운 미래 누군가 내 똥오줌 닦아주는 인생을 상상하고는 살아서 뭐 하나, 자조적인 웃음을 짓고 말았다.

달집태우기 행사를 끝내고 적당히 끼니를 때운 후 근처 찻집에 들어갔다. 이런 저런 이야기를 하다가 서울랜드 폐장 이야기가 나왔다.

"30년 계약으로 시작한 서울랜드가 없어진대. 그전에 한 번쯤 가봐야 하지 않을까."

그래 가야지, 하면서도 허탈했다.

또 삶의 일부분이 사라진다. 이러다 언젠가 나라는 인간은 죽음이란 사금파리 조각들로 깨져 낱낱이 흩어져버리겠지. 운 좋게 누군가의 책 색인에 실린다면 더부살이로 남을 수도 있겠으나 내가 없는 미래에 내가 있는 게 과연 지금 이 순간 어떤 의미가 있을까.

중2병이 깊어져 우주의 탄생까지 파고들 무렵, 떠올랐다. 가방 속 책 한 권. 지금 이 순간이 이 책을 펼칠 가장 적절한 때라고 우주가 계시를 내리는 것 같았다.

책은 지금 이 순간이 훗날 누군가의 의미가 될지도 모른다는 한없는 낙관을 품을 수 있도록 내 등을 떠밀었고, 혹여라도 불안한 미래를 스스로 낙인찍으려 들면 "떼끼 이 놈!" 하며 어린 시절 동네 단골 점방 할머니처럼 내 등짝을 때리며 정신 차리라고 혼냈다. 스크루지 영감도 아니건만 과거, 현재, 미래의 유령을 한번에 몰아 만나고는 화들짝 정신이 들어 중2병에서 한 발짝 멀어질 수 있었으니, 똥밭에 굴러도 이승이 좋다는 진리를 깨닫게 해준 이 책은 바로《동전 하나로도 행복했던 구멍가게의 날들》이다.

결국 책이란 사람과의 만남

당신은 무더위의 한가운데에 있다. 습도가 진흙처럼 걸음걸음 따라붙는다. 그래도 당신은 나가야 한다. 당신이 일 년 넘게 기다려온 책의 사인을 받는 날이기 때문이다.

당신은 광화문 교보문고로 향한다. 오랜만에 간 교보문고는 발 디딜 틈 없이 문전성시지만, 정작 계산대 앞에는 줄이 없다. 당신은 풍요 속 빈곤이란 말을 떠올린다. 당신은 미리 챙긴 책 외에 같은 책을 두 권 더 구입한다. 본래 챙겨 온 한 권은 당신을 위해, 한 권은 이벤트를 위해, 마지막 한 권은 선물하기 위해.

당신은 누군가에게 선물하는 일을 좋아한다. 작년 겨울 크리스마스 선물로《미스터리 서점의 크리스마스 이야기》를 세 권이나 구입한 일도 있었다. 당신은 그 보답으로 번역가에게 책을 받았다. 누군가에게 베풀면 그만큼 돌아온다는 크리스마스의 정신을 당신은 그날, 느꼈다.

당신은 누구보다 먼저 강연장에 들어선다. 모서리 자리에 앉는다. 그 자리에 앉아야 강연 도중 일어나도 다른 사람에게 불편을 끼치지 않기 때문이다. 당신은 강연이 시작되기 전 책을 훑는다. 당신은 작가가 페이스북에 올렸던 사진 한 장을 떠올린다. 낚시꾼이 바다 한가운데에 덩그러니 뜬 채 낚싯대를 드리운 사진을 기대한다. 하지만 실망스럽게도 당신이 가장 좋아하는 사진은 책에 실리지 않았다.

당신은 어린 시절부터 쿠바에 대한 어떤 환상이 있었다. 당신은 어느 쿠바 예술인의 인생을 다룬 영화를 감명 깊게 봤다. 아무 사전 지식 없이 본 영화 속 쿠바는 뜨거웠고, 절실했고, 비참했다. 쿠바의 작열하는 여름 속으로 당신은 내동댕이쳐졌다. 당신에겐 그런 청춘이 있었다.

당신은 작가가 아바나에서 와이파이를 찾아다녔다는 말에 놀란다. 하지만 이내 작가가 쿠바에서 그저 즐기는 법을 익혔다는 말에 기쁘다. 작가가 춤을 추지 않았다는 사실에 안타깝고 작가가 헤밍웨이를 만나러 다녀왔다는 말엔 부럽다. 당신은 쿠바의 모든 것을 작가에게서 발견한다. 작가의 앞에 서서 세 권의 책을 놓는다. 얼마 전 기사에서 본 붉은색은 구매 욕구를 불러일으킨다는 말을 떠올린다. 작가의 책은 쿠바처럼 붉은색이다.

당신은 아바나의 속살에 서명을 새기는 작가의 펜을 바라본다. 당신은 자신의 펜을 작가에게 건넸다. 작가가 그 펜으로 사인을 하길 바랐다. 그 펜은《대성당》을 지은 레이먼드 카버를 기념하는 한정 펜이다. 당신은 작가와 그 펜이 잘 어울린다고 생각한다. 당신은 작가가 아무렇지 않게 건네는 안부 인사가 기쁘고 당신을 알아봐줬다는 사실이 기쁘다.

강연이 끝나고 무라카미 하루키를 찾는다. 교보문고 아트스

페이스에서는 마침 무라카미 하루키의 전시회를 진행하고 있다. 언젠가의 강연에서 작가는 무라카미 하루키를 열렬히 이야기했다. 당신은 작가의 이야기를 듣고 무라카미 하루키의 소설에 또 한 번 빠졌다. 다시 펴든 문고본《1Q84》에서 당신은 자신의 원형을 발견했다. 결국 모든 이야기는 누군가의 모방이다. 무라카미 하루키와 작가 백민석과 그가 적은 쿠바와《아바나의 시민들》을 마음으로 만난다. 결국 당신에게 책이란 사람과의 만남이란 사실을 새삼 깨닫는다.

부기 — 이 글은 백민석의《아바나의 시민들》의 화법을 모방해 2인칭으로 적었음을 밝힙니다.

덕후의 의리는 바다도 건넌다

끼리끼리 어울리는 탓인지, 아니면 오랜 세월 함께 지내다 보니 닮는 건지 정확한 까닭은 알 수 없지만, 내 친구들은 어딘지 모르게 나와 비슷하다. 예를 들어 2016년의 크리스마스이브, 우리는 덕질 전투를 치르느라 따로따로 바빴다.

H는 세종대왕 앞 20번째 줄에서 김제동 만민공동회에 참석했고, S는 다음 날 있을 국카스텐 크리스마스 콘서트에 가기 위해 집에서 몸을 사렸으며, 나는 표창원 의원과의 프리 허그, 이른바 표 산타 이벤트에 참여하기 위해 장장 한 시간 줄을 섰다. 이번엔 이런 각개전투로 크리스마스를 보낸 전우(?)들 중 한 명, 다음 날 덕질을 위해 크리스마스이브를 버린 S의 이야기를 해보고자 한다.

S는 남산을 기준으로 우리 집에서 거의 정반대편에 산다. KTX를 타고 서울에서 대구에 갈 수 있을 만큼의 시간이 걸리는 거리건만 나는 대학 시절부터 S의 집을 몇 번이고 드나들었다. S가 좋아서가 아니라 S의 책이 원인이었다. S의 서재는 나의 서재와 마찬가지로 만화가 태반인 데다 취향도 비슷했기에 갈 때

마다 책장 앞에서 즐거운 골몰을 했다.

이런 S가 서른이 넘고 얼마 지나지 않아 자신의 취미를 직업으로 바꿨다. 집 앞에 '북새통'이란 이름의 만화방을 차린 것. 나는 "유봉이 자원방래하면 불역낙호아"를 외치며 전철을 타고 산 넘고 물 건너 친구를 찾아갔다가 서재에서 만화방으로 업그레이드된 도서 목록의 기세등등함에 잠시 주눅이 들었다. 뭘 볼까 눈치를 보니 친구가 "아니, 이걸 모른단 말이야?" 같은 표정으로 만화를 권해줬다.

이름하여 《세인트 영멘》. '예수와 붓다가 밀레니엄을 무사히 마무리하고 하계에 휴가를 온다'는 설정을 바탕으로 신성모독을 아슬아슬하게 비켜가는 유머를 구사하는 이 만화에서 특히 마음에 든 부분은, 붓다가 하계에 내려와 데즈카 오사무의 만화 《붓다》에 감동을 받아 만화가가 되기로 작심하는 1권의 두 번째 에피소드 '성스러운 좌충우돌'이다. 이후, 붓다는 4컷 만화를 그려 천부의 잡지에 연재하느라 마감에 시달리는데…….

내가 《세인트 영멘》을 보며 박장대소하자 친구는 작가의 다른 만화를 추천해줬다. 《아라카와 언더 더 브리지》. 제목이 너무 길어 일본에서는 'AUTB'라는 약자로 통하는 만화다.

《AUTB》는 《세인트 영멘》을 코웃음 치며 넘어서는 수준의 블랙코미디를 선보인다. 설정부터 남다르다. 《AUTB》의 주인공들은 다리 아래 아라카와 하천 부지에 사는 홈리스들이다. 늘 입고 다니는 단벌 체육복에 '2-3' 이름표가 붙어 있어 이름이 니노 상(일본어로 2-3를 읽으면 니노상이 된다)이 된 금성인 '니노', 갓파 인형옷을 입고 다니며 스스로 갓파라고 주장하는 '촌장', 노란 별 모양의 우레탄 소재 가면을 쓰고 다니는 자칭 록스타 '별' 등 만화 속 등장인물들은 흔히 생각하는 노숙자의 이미지를 가볍게 상회한다.

알고 보니 이 두 만화 시리즈를 그린 나카무라 히카루와 나 사이에는 또 다른 공통점이 있었다. 나카무라 히카루 역시 성덕, 그것도 이중적 의미의 성덕(성우 덕후이자 성공한 덕후)이었던 것. 무려 애니메이션 〈AUTB〉의 주연 성우 카미야 히로시와 결혼해 애를 낳았다는 스캔들을 터뜨렸다. 그런고로 나는 나카무라 히카루의 충성스러운 독자로 거듭나게 되었건만, 《AUTB》가 완결될 무렵 S로부터 안타까운 연락이 왔다. 만화방을 접었다는 소식.

진심으로 안타까웠다. 승승장구하던 S의 서재가 이렇게 다운그레이드되면 내 덕질은 어쩌란 말인가. 어떻게든 책임을 지라고 말하고 싶었으나 《세인트 영멘》 13권이 나올 무렵, S는 크리스마스이브를 버리는 덕후다운 반전을 선보였다. 2017년 한라일보 신춘문예 소설 부문에 등단한 것. 덕분에 서른아홉, 태어나서 처음 제주도에 갔다. 원래 덕후의 의리는 바다도 건너는 법이니까 이 정도야 당연한 일이다.

\\\

서른아홉, 제주도에 처음 간 사연

어쩌다 보니 서른아홉이 되어서야 제주도에 갔다. 딱히 그럴듯한 연유가 있어서 이렇게 된 건 아니다. 친구들 다 간다고 할 때엔 "그 돈으로 일본 가지, 왜 국내를 가나?" 하며 코웃음을 쳤고, 나이가 들어 "나만 제주도 안 가봤잖아?" 생각이 들었을 때엔 이미 다들 한 번쯤 다녀온지라 같이 가준다는 인간이 없었다.

당연히 괴나리봇짐은 책부터 챙겼다. 여행을 가니까 가볍게 잘 읽히는 에세이와 만화 위주로 《가만한 당신》《잠깐, 저기까지만》《여자들은 언제나 대단해》《달밤의 제주는 즐거워》 딱 네 권만 골라 캐리어에 넣은 후 페이스북에 기념사진을 올렸더니 댓글이 꽤 달렸다.

"신분증 챙기고 여권은 빼라" "대체 책은 왜 그렇게 챙기냐?" "포카칩 두 봉은 왜?" 등등의 반응에 나는 "헉, 제주도 여권 필요 없어?" "아, 국내구나!" "그러고 보니 포카칩은 제주도에서도 파네" 등등을 중얼거리며 가까스로 여권은 뺐으나 포카칩 두 봉과 책 네 권은 끝내 포기하지 못했다. 오히려 출발 직전 불안해져 《하루키의 여행법》과 《걸어서 세계 속으로》도 꾸역꾸역

쑤셔 박았다.

제주도에 도착한 후로도 책이 없다는 불안감은 계속됐다. 그래서 일단 책이 보였다 하면 챙겼다. S의 신춘문예 시상식장에서《한라일보 신춘문예》1·2권을, 차영민이 근무하는 편의점에선《효리 누나, 혼저옵서예》를 구입했다. 노렸던 시인의 집에 못 간 게 아쉬웠다. 손 세실리아 시인이 운영한다는 그곳에 들러 저자 사인본을 구입하려고 했건만 '꽝, 다음 기회에'. 쉬는 날이었다.

도합 아홉 권의 책을 이고 지고 제주도에 다녀온 셈인데, 이 중 무려 한 작가의 같은 책이 두 권이었다. 차영민의《달밤의 제주는 즐거워》와《효리 누나, 혼저옵서예》. 제목이 바뀌며 구판이 절판됐다. 그러니 작가가 일하는 제주도 편의점에만 있는 유일한 절판본을 사고 사인을 받는 건 덕후로서 반드시 거쳐야 할 필수 관광 코스였다.

이 책엔 편의점 덕후에서 알바로 거듭난 차영민의 일상이 상세히 소개되어 있다. '소세지 사건'의 전말이라든가, 이효리의 이사 후 일어난 미묘한 주변의 변화라든가 중국인 관광객들과 얽힌 에피소드를 보자면 남의 일이 아니야 하고 한참 고개를 끄덕이게 된다. 나 역시 지난 5월까지 카페에서 바리스타로 일했기에 꽤나 공감할 수 있었달까.

차영민을 처음 안 건 무려 7년 전이다. 당시 나는 낮에는 커피를 뽑고 밤에는 소설을 썼다. 그렇게 써서 인터넷에 올린 소설의 조회수는 한없이 제로에 수렴했으나, 몇몇 응원 댓글에 용기를 얻어 계속 적을 수 있었다. 댓글 중에는 모 출판사의 카페 지기도 있었다. 대체 어디서 어쩌다 여기까지 날 찾아왔는지는 모르겠으나 댓글로 '나는 작가다'라는 공모전을 소개해줬고, 나는 직접 댓글을 달아주시는 수고가 감사해 출판사 카페에 가입했다가 작가 지망생들을 다수 만날 수 있었다. (그중 태반이 이제는 '진짜 작가다'.)

이 중 '종이비행기'라는 닉네임을 쓰는 제주도 청년 차영민이 있었다. 나는 녀석에게 친근감을 느꼈다. 나처럼 이름 중간에 '영'자가 들어가는 데다 데뷔도 비슷한 시기에 했다. 그런고로 동지의식이 싹튼 것. 한데 작년 이맘때 추월당했다. 차영민이 나보다 먼저 결혼에 골인한 것이다.

모리 히로시의 《차가운 밀실과 박사들》(한스미디어, 2015)에는 이런 장면이 나온다.

> **구니에다 모모코가 결혼한다는 소식은 살인사건이 일어난 것과 비슷할 정도로 충격적이었다. 구니에다를 모르는 이들에게는 어떻게 설명해야 좋을지 모르겠지만 그녀는 이런 종류의 화제와는 가장 거리가 먼 사람이라고 생각했다. 그것은 비단 사이카와만의 편견은 아닐 것이다.** (25쪽)

이를 흉내내 말하자면,

차영민이 결혼한다는 소식은 살인 사건이 일어난 것과 비슷한 수준의 충격이었다. 차영민을 모르는 사람들에겐 어떻게 설명해야 할까. 그래, 차영민은 이런 종류의 화제와 가장 거리가 먼 사람이었다. 그런 의미에서 차영민'도' 독신이란 점은 일종의 방파제였다. 누군가의 입에서 결혼 이야기가 나오면 늘 "아, 차영민도……" 하고 도망쳤던 것이다.

이런 생각을 한 지 얼마나 됐다고 다시 한 번 부러운 소식이 날아들었다. 1월 16일 자로 이제 차영민은 아이 아빠다. 딸을 낳았다. 이름은 한 글자 '설'이란다. 듣자마자 차설이 아니라 백설을 떠올린 것은, 딸 바보로 거듭날 차영민의 이미지가 제주도 한라산의 눈처럼 7년 전 그대로 순수한 까닭이리라.

희망이 없더라도, 하고 싶은 일을 하며, 편히 살아남자

나와 오랜 시간 편지를 주고받던 독자님이 한 분 있었다. 과거형인 까닭은 최근 들어 관계가 변화한 탓이다. 독자님이 먼저 내게 '친구'라고 호칭을 적어주셨으니, 이제부터는 우린 친구다. 그렇다고 내가 특별히 다른 행동을 할 것 같진 않다. 붙임성 없는 성격이다 보니 지금까지 해온 것처럼 여행을 가면 해당 관할 우체국부터 찾아가 기념우표라든가 엽서를 구입해 되는 대로 보내는 정도의 행동만 되풀이할 게다.

소설에서는 이런 식으로 연락을 주고받다가 알쏭달쏭한 사이가 되기도 한다. 최근 읽은 소설 중 가노 도모코의 《일곱 가지 이야기》에 그런 경우가 나왔으나, 나와는 거리가 멀다. 내가 이 친구와 그간 주고받은 이야기는 거의 다 책에 대한 이야기라 우정이라기보다는 서정(書情)이라는 단어가 어울릴 수준이니까. 이렇듯 친구와 주고받은 책 이야기 중 뭐니 뭐니 해도 감동적이었던 것은 생일선물로 받은 《시의 힘》이었다. 나는 친구가 챙겨준 《시의 힘》이 마음에 들어 책의 저자 서경식 선생님을 뵙고 싶어졌다.

사실 서경식 선생님은 이 책보다 다른 저서들이 훨씬 유명하다. 《나의 서양미술 순례》를 비롯해 《고뇌의 원근법》《나의 서양음악 순례》《나의 조선미술 순례》《디아스포라 기행》《소년의 눈물》 등등, 선생님은 수많은 책을 냈다. (누구나 "아, 그거!" 할 만한 책이 한 권쯤은 있지 않을까.) 하지만 인간 서경식을 일천 퍼센트 알고 싶다면 아무리 생각해도 《시의 힘》이다. 적어도 나는, 《시의 힘》을 읽고 난 후 인간 서경식을 만나고 싶어졌으니까.

2017년 2월 19일 일요일, 그때가 왔다. 촉촉이 내리는 겨울비 사이로 나아가 '탈영역 우정국'에서 선생님을 뵈었다. 다섯 시간의 롱런 강연 '예술과 희망'은 다채로웠다. 선생님의 다큐멘터리 영화 〈아우슈비츠 증언자는 왜 자살했는가: 프리모 레비를 찾아서〉를 다 함께 본 후 심층강연이 진행되었다. 《이것이 인간인가》의 프리모 레비와 아우슈비츠 이야기를 비롯한 수많은 의문형의 희망이 떠도는 강연장은 격렬하게 숙연했다. 하지만 무엇보다 마음에 깊이 새겨진 건 마지막 질의응답이었다. 누군가 물었다.

"희망이 없는 헬조선에서 어떻게 살아야 하나요?"

선문답 같은 이 질문에 선생님은 의문형으로 답했다.

"아우슈비츠에 갇힌 인간에게 희망이 있었을까?"

대답하는 이는 없었다.

"아우슈비츠에서 인간은 사고가 불가능했다."

선생님은 말을 연이었다.

"인간답지 않고 무기력에 익숙해지는 것이 살아남는 방법이라고 말하는 사람이 있었고, 그렇지 않은 사람도 있었다. 이걸 병리학적으로 풀이한 사람이 바로 프리모 레비였다. 하지만 그 프리모 레비조차 아우슈비츠를 바꾸지 못했다. 우리라면 어땠을까."

나는 마음속으로 대답했다.

'살아남지 못했겠죠.'

선생님의 말은 계속됐다.

"희망은 의문형이다. 왜인 줄 아느냐. 희망이 있다고 쉽게 믿을 수 없기 때문이다. 그러니 자신이 하고 싶은 일을 해라. 원한다면 무기력하게 살아도 좋다. 희망이 없더라도 조금이라도 편히, 살아남자."

선생님은 강연 후 연이은 사인회에서 자신의 말을 실천에 옮겼다. "몸이 안 좋아서 사인은 성인 '서(徐)'만 적을게요"라고 양해를 구한 것. 나는 사인을 받으며 대꾸하고 싶었다.

"선생님, 대충 해주셔도 됩니다. 편히 오래오래 살아주시는 것만으로 감사합니다."

이틀 후, 나는 선생님의 말씀을 실행에 옮겼다. 무계획이 상팔자 정신으로 7박 8일 제주도로 떠났다. 가면서 딱 두 가지 목표만 세웠다. 하나는《시의 힘》을 소개해준 친구에게 제주도에서 편지를 부치는 것이었고, 다른 하나는 하고 싶은 일만 하며 삶의 빈칸을 만드는 것이었다.

나, 개와 노느라 시간 가는 줄 몰랐네

2017년 2월, 제주도에 또 갔다. 연초 난생처음 들렀을 때는 친구의 신춘문예 당선 축하 겸 방문했던 고로 제주 시내만 돌아보고 끝이었다. 그러니 이번엔 7박 8일, 좀 길게 일정을 잡았다.

그렇게 찾아간 제주도는, 희한하게 가는 곳마다 개를 만났다. 협재 '최마담네 빵다방'을 지키는 개 두 마리와, 애월 카페 '꽃향유' 뒷마당에서 꼬리를 흔들던, 세계에서 가장 큰 견종 그레이트데인이 아닐까 의심되는 큰 개, 날이 좋고 하여 무작정 산책을 나섰다가 만난 작은 포메라니안, 그림으로 그리기도 한 위미항 근처 '하마다 게스트하우스'의 진돗개 '섭지'와 '코지'까지. 연달아 개와 만나자니 제주도 개 이야기를 활자로 보고 싶어졌다. 그렇다고 짐을 늘일 여유는 없었다. 겨울 7박 8일 일정은 짐이 엄청났기에 기념 삼아 딱 한 권만 살 셈이었다.

심사숙고 끝에 고른 책은 《헤밍웨이의 말》이었다. 협재에서 들른 카페 '헤밍웨이 하우스'의 사장님 덕이었다. 이런 사장님을 뵙자니 마침 나온 헤밍웨이 관련 신간을 사서 간판 앞에서 기념사진 한 장을 남기고 싶어졌다. 그래서 서귀포 어딘가 있다는 서점 '북타임'을 한 시간 넘게 버스를 타고 찾아갔다가 난감한 일을 겪었다.《헤밍웨이의 말》이 최신간이라 입고가 되지 않았던 것. 그렇다고 이 먼 거리를 왔는데 그냥 돌아가기엔 섭섭했다. 이왕 이리 된 거 회원 가입도 할 겸 딱 한 권만 사자는 기분으로 책을 훑자니 유독 눈에 띄는 책 한 권이 있었다. 지난 며칠간 자주 만났던 제주 개들을 떠올리고도 남을 책,《올드독의 제주일기》였다.

작가 올드독은 두 마리 개 '소리'와 '풋코'가 헤엄치는 모습을 보고 싶다는 마음으로 무작정 제주도를 찾았다. 이후 제주도에서 살며 겪은 일을 책 한 권으로 남겼으니, 아는 사이였다면 어깨를 몇 번 툭툭 쳐주며 "괜찮아, 다 잘될 거야" 위로를 해주고 싶을 정도의 반전 충만한 사연들이었다.

한 권을 사고 나니 두 권을 사는 건 어렵지 않았다. 마음이 제주도 시외버스 배차 간격처럼 느슨해져서는 이틀 묵은 협재 숙소 '알로하 서재'에서 눈독 들였던 검정개의 제주도 여행사진《제주犬학》을 구입했다. 숙소 대문 앞 의자에 앉아 세찬 바닷바람을 맞으며 일몰과 책을 번갈아 보노라면 이대로 제주도에서 살아도 될 것 같은 안이함이 노을처럼 마음에 스며들었다.

《제주犬학》을 들고 찾아간 비양도에도 개가 있었다. 하루에 단 세 번밖에 배가 뜨지 않는 인적 드문 곳이었기에 못된 인간이 없는 모양인지 똥색 삽살개는 사람을 겁내지 않았다. "내가 섬을 안내해줄게" 같은 느낌으로 꼬리를 살랑살랑 흔들며 먼저 다가와서는 최신간을 구비한 도서관부터 시작해 정말 맑은 날

에만 볼 수 있다는 구름 안 낀 한라산까지 안내해줬다.

한참 개와 놀다 보니 10년 전쯤 읽은 시가 떠올랐다. '나, 게와 노느라 시간 가는 줄 몰랐다'는 내용의 하이쿠였다. 죽으려고 간 바닷가에서 우연히 만난 게와 놀다가 자살할 마음을 꺾었다는 속뜻이다. 제주도, 가는 곳마다 개를 만나 논 기분은 이에 비견할 만했으니 인간은 얼마나 많은 신세를 동물들에게 지고 있는 걸까.

덕후의 여행에는 뭔가 특별함이 있다

몇 해 전 가을의 일본 여행에서 불면은 절정에 달했다. 사흘간 거의 못 잔 채 오전 7시부터 밤 11시까지 오사카를 비롯해 교토, 나라, 고베 등지를 돌아다녔다. 서울에 돌아오고 나서야 깊은 잠을 가까스로 잤으나, 이후로도 사흘에 한 번 자는 패턴은 쉽게 나아지지 않았다. 2016년 10월 5일도 마찬가지로 몽롱하게 시작했다.

잠을 깨기 위해 일단 커피부터 한 잔 내린 순간, 베란다 밖에서 요한 스트라우스 2세의 '아름답고 푸른 도나우 강'이 흘렀다. 잘못 들은 줄 알았다. 이 아파트에 살면서 우연이라도 클래식을 들은 적은 없었다. 희한하다는 생각을 하면서도 무척 반가웠기에 한참 귀를 기울였다. '아름답고 푸른 도나우 강'이 나온 몇 편의 영상물을 떠올렸다. 특히 스탠리 큐브릭의 영화 〈2001 스페이스 오디세이〉와 우리나라에도 드라마, 만화, 영화 등으로 알려진 〈노다메 칸타빌레〉의 몇 장면을 생각하자니 새벽 커피가 유독 맛났다. 이날 내린 원두는 9월 말에 일본에 들렀을 때 구입한 것이었다. 구입한 곳은 오사카의 구로몬 시장이었다.

게 버거를 먹었습니다

일본 오사카 여행에 동행한 K 양은 오사카에서 반드시 할 일을 한 가지 정했다. 구로몬 시장이라는 수산물 전문 시장에서 '게 버거'를 먹겠다는 것이었다. 게 버거라는 말을 처음 들었을 때, 나는 그냥 게맛살 같은 것을 패티로 만들어 껴주는 것이겠거니 했는데 알고 보니 진짜 게를 그대로 튀김옷을 입혀 튀겨내는 것이었다.

구로몬 시장은 숙소로 잡은 호텔에서 가까워 걸어서 10분이면 도착했다. 우리는 게 버거를 파는 가게가 어디쯤 있나 두리번거리며 구로몬 시장 곳곳에서 오뎅이며 스시를 구경하다가 우연히 원두 가게를 발견했다. K 양이 먼저 발견하고 내 팔을 잡아당겼다. 아주 잘 보이는 코너에 원두 가게가 있었다. 시장이 연 지 얼마 안 된 시각이라 그런가 가게는 한산했다. 같은 복장을 한 두 명의 중년 남자는 "이랏사이"를 연발하며 손님을 끌었다.

스카이트리는 이미 볶은 원두를 파는 상점이었으나 이곳은 달랐다. 가게로 들어가는 입구 양쪽으로 생두가 잔뜩 있었다. 주문을 하면 그 자리에서 볶아준다는 이야기에 무슨 원두를 먹어볼까 고민하다가 마침 안 먹어본 콩고 원두가 보이기에 그걸로 300그램을 시켰다.

마일드, 워터드립(정확히는 콜드 워터드립이라고 말해야 알아듣는다)으로 달라고 말하자, 마일드는 산미가 강하다, 워터드립은 미디엄으로만 굽는다는 대답이 돌아왔다. 산미가 강한 게 먹고 싶었으나 이렇게 강하게 말하는 데에는 근거가 있을 거라는 생각에 그렇게 해달라고 부탁했다.

볶는 시간이 10분쯤 걸린다는 말에 게 버거를 먹으러 갔다. 게 버거 가게 역시 이른 시각이라 손님이 없었다. 메뉴에 게 버거 950엔, 세트는 1000엔이라고 적혀 있었다. 세트는 프렌치프라이와 맥주, 혹은 탄산음료를 함께 줬다. 호텔에서 조식을 먹고 온 상태였지만 아무리 봐도 이득인 것 같은 세트를 안 먹을 수 없었다.

일본은 뭘 시켜도 미니어처다. 콜라 역시 미니어처라, 200밀리리터 정도의 양이 담겨 나왔다. 하긴, 950엔짜리 버거에 단 50엔이 추가된 금액이다. 큰 걸 바라는 게 이상하리라. 주방장이 게 버거를 내왔다. 오픈형 주방이라 직접 반죽하고 튀기는 모습까지도 얼핏 볼 수 있었다. K 양이 신이 나서 사진을 찍자 주방장이 다가와 먹는 방법을 설명해줬다. 우리나라의 밥 버거를 먹는 요령이랑 비슷해 위에서 아래로 손바닥으로 꾹 누른 후 먹으라는 이야기. 왠지 이 말을 듣자니, 게가 살아 있을지도 몰라 염려하는 건가 싶은 기분이 잠시 들었다. 그만큼 주방장의 표정은 진지했다. 이렇게 안 먹으면 큰일 나는 수가 있어, 하고 경고하는 느낌에 가까웠달까.

K 양은 10분도 채 되지 않아 게 버거를 먹어치웠다. 표정이 매우 행복해 보이는 것이 아마도 게를 못 먹는 나는 상상조차 할 수 없는 맛인 모양이었다.

원두 가게로 돌아가보니 그새 손님이 늘었다. 줄을 선 손님들은 대부분 원두가 아니라 커피를 사 마시러 온 것이었다. 점원은 연신 잠깐만 기다려달라는 말을 반복한 후, 어느 정도 주문을 처리하고는 약간 굳은 표정(아마도 카페에서 내가 일할 때, 손님이 갑자기 몰리면 짓는 표정)을 지으며 돌아왔다. 한 번 더 내가 시킨 것과 서비스 품목을 확인하며 다른 상점에서 점원들이 그러하듯이 지나칠 정도로 고맙다는 말을 몇 번이고 반복하고 나와 일행을 배웅했다.

그렇게 구입한 콩고 원두의 향은 대단했다. 이날, 오사카 시내를 관광하고 마지막으로 〈아이보우〉 콘서트에 들러 객석에 자리 잡은 후로도 향은 가시지 않았다. 가끔 주변의 사람들이 느닷없는 커피 원두 향에 고개를 돌려 나를 바라볼 때마다 모른 척 시치미를 떼느라 애를 먹을 정도였다.

〈아이보우〉 콘서트를 보러 왔습니다

지난 2014년 아오야마 극장에서 〈유리가면〉을 볼 때 뱀이 똬리를 틀듯 광장을 가득 메운 인파를 경험한 적이 있다 보니 이번엔 두 시간 일찍 콘서트가 열리는 오사카국제컨벤션센터로 향했다. 건물 2층에 카페가 있었다. 1층에도 노천카페가 있긴 했으나 너무 더웠으므로 주변 경치도 즐길 겸 2층에 가는 게 나을 것 같았다.

어느 나라 어느 도시를 가든 카페의 풍경은 비슷하다. 그곳에서 느끼는 정취도, 생각의 흐름도 비슷하다. 책을 읽는다. 노트를 꺼내 무언가 적는다. 잠시 주변 사람들의 이야기에 귀를 기울인다. 그러자니 알 수 있었다. 컨퍼런스 룸 중 한곳에서 회의가 열린 모양이었다. 우리를 제외하고 정장 차림인 사람들. 이들은 간사이 사투리를 쓰지 않았다. 아마도 콘서트가 아니라 회의를 하기 위해 이곳 오사카를 찾은 듯했다.

우리는 그 사이에 낀 유일한 한국인이었다. 큰 사이즈의 아이스커피와 치즈 케이크를 시켜 창가 자리에 앉았다. 건물 아래를 내려다보며 콘서트의 시작을 기다렸다. 지난 〈유리가면〉 연극 때처럼 이번 〈아이보우〉 콘서트 역시 개장 시간이 가까워지자 출입구 앞에 긴 행렬이 생겼다.

일본의 연극과 콘서트는 대부분 개장 시간과 개연 시간이 다르다. 개장 시간이 한 시간 이른 까닭, 일찍 와서 길고 긴 줄을 서는 까닭은 '굿즈' 탓이다. 공연을 보러 온 사람들은 미리 와서 긴 줄을 서서 일렬로 입장한다. 그러고 나서 또 긴 줄을 서서 이곳에서만 살 수 있는 한정품을 구입한다. 어떨 때엔 본 공연보다 굿즈가 더 인기라서 공연을 보다 말고 뛰쳐나가 굿즈를 사는 경우도 있을 정도다.

이번 오사카 〈아이보우〉 공연은 딱 그 경우라, 콘서트보다 굿즈가 목적인 관객이 대다수였다. 굿즈를 사느라 공연이 시작하고도 객석의 얼마가 비어 있었다. 인터미션이 시작하기 전부터 뛰쳐나가는 사람들도 있었다. 물론, 이들이 돌아올 때엔 하나같이 손에 'TV 아사히'가 적힌 하얀 비닐봉투가 들려 있었다.

나 역시 굿즈를 구입하고 싶었기에 개장까지 30분 정도 남았을 때 줄을 서러 나갔다. 지금쯤 가면 앞쪽일 줄 알았는데 이게 웬일, 이미 내 앞으로 50명 정도가 줄을 서 있었다. 그래도 대충 따져보니 내가 원하는 굿즈가 떨어질 일은 없을 것 같았기에 느긋하게 기다렸다. 미리 받은 카탈로그를 살피며 무엇이 가장 기념이 될까 따진 끝에 시즌14 기념 한정 배지와 폴더를 구입했다. 그것만으로도 1000엔이 넘었다. 나는 아무것도 아니었다. 내 앞에 선 사람 중에는 지금 이 순간을 평생 기다려온 것처럼 모든 굿즈를 다 챙기는 이들도 많았다.

굿즈를 구입하고 자리에 앉으니 이미 개연 시간이었다. 어떻게 이렇게 시간이 빨리 가나 감탄하며 콘서트의 시작을 기다렸다. 오케스트라가 무대에서 각기 악기를 조율하고, 지휘자가 무대에 서서 공연을 시작하고, 아나운서가 게스트를 소개하는 그 모든 시간이 그저 즐거웠다.

〈아이보우〉는 17년째 방영 중인 아사히 TV의 간판 프로그램이다. 우리나라로 따지자면 예전의 〈전원일기〉나 '형사 반장' 시리즈, 〈무한도전〉 정도 되겠다. '아이보우(相棒)'는 형사 콤비를 뜻한다. 즉, 두 명의 형사가 주축이 되어 사건을 해결해나가는 것이 시리즈 한 편 한 편의 기본 골격으로, 극장판이나 두 시간 특집극에서는 각기 시리즈를 관통하는 테마가 있을 때도 있다. 드라마의 무대가 일본 도쿄의 경시청 특명계다 보니 경시청과 경찰청의 갈등이라든가, 정치계의 거물, 테러 등이 이야기 소재로 등장하기도 한다.

드라마 〈아이보우〉의 작곡가 이케 요시히로는 지난 17년간 〈아이보우〉의 모든 곡을 작곡해왔다. 보통 드라마 세 편이 방영

되면 열 편 정도를 미리 만들어놓지만 그걸로는 언제나 부족하다며 지금까지 작곡한 곡이 1000곡이 훌쩍 넘는다나. 이 이야기를 하는 순간, 객석 곳곳에서 감탄이 터졌다.

〈아이보우〉 음악은 크게 클래식과 재즈로 나뉜다. 클래식의 경우 이케 요시히로가 직접 작곡한 현대 클래식이고, 재즈의 경우엔 메인 타이틀 음악을 편곡하는 경우가 잦다. 당연히 드라마의 인물별 테마곡도 있다. 특히 그중 가장 많은 비중을 차지하는 것은 주인공인 스기시타 우쿄의 테마곡이다.

스기시타 우쿄 역을 맡은 배우는 1952년생 미즈타니 유타카다. 17년째 이 역할에 매진하고 있다 보니 어쩔 때엔 스기시타 우쿄가 본명인 것처럼 느껴질 정도다. 연기력이야 두말할 나위 없어 어쩔 때엔 이 사람이 정말 추리를 하고 있는가 싶은 기분이 들 때도 있다. 하지만 그보다 더 감탄할 만한 것은 스기시타 우쿄의 홍차를 다루는 솜씨다.

스기시타 우쿄가 근무하는 경시청의 특명계는 '경시청의 외딴섬'으로, 이곳에 배치되면 대부분의 경찰은 그만두고 만다. 그건 스기시타 우쿄가 괴짜인 탓이 크다. 대부분의 경찰들은 스기시타 우쿄를 버티지 못하는 것. 이런 스기시타 우쿄가 특명계에서 시간 때우기용으로 하는 일이 홍차 마시기다. 손을 머리 위로 높게 들어 올려 폭포 낙하하듯 티포트의 찻줄기를 찻잔에 떨어뜨리는 장면은 매 회 빼놓을 수 없는 볼거리다.

시즌 14에서는 새롭게 투입된 아이보우, 카부라기 와타루가 커피 마니아로 등장한다. 카부라기 와타루 역을 맡은 소리마치

다카시는 스기시타 우쿄처럼 커피포트를 높이 들고 찻잔에 커피를 붓는다. 그걸 보고 조연 배우들이 놀라워하는 장면은 새로운 볼거리로 자리매김했다. 이날 콘서트에서도 이 두 영상이 나왔다. 당연히 배경으로 깔린 음악은 그에 어울리는 장난기 넘치는 재즈였다.

일본엔 참 카페가 많습니다

2014년 도쿄에 갔을 때, 숙소 근처는 온통 회사였다. 호텔에서 몇 발자국 떨어지지 않은 곳에 작은 카페가 많았다. 나는 K 양이 그녀의 덕질을 하러 간 사이, 근처 카페에 들렀다. 일본은 여전히 카페에서 흡연이 가능하다 보니 몇 명의 회사원들이 자리를 잡고 신문, 혹은 문고본을 보며 한 손에 담배를 든 채 커피를 홀짝이고 있었다.

처음엔 내가 외국인인 걸 몰랐다가 시키는 모습을 보고 나서야 외국인인 걸 눈치채고는 깜짝 놀라 쳐다보는 사람들도 있었으나 그런 순간은 대부분 아주 잠시였다. 각자의 아침 시간이 중요하니까 각기 볼일에 집중하다가 출근 시각이 되면 가게를 나섰다.

아마도 일본에 다녀온 사람이라면 다들 공감할 텐데, 이곳에서 가장 낯설게 느껴지는 것은 결제 방식일 게다. 대부분의 생활이 동전으로 이뤄지는 일본의 생활. 하지만 이 동전이 우리나라의 지폐에 해당하는 가격이라는 건 상당히 기이한 기분이다. 특히 카페에서 계산할 때면 더욱 그런 기분이 든다. 250엔짜리 아이스커피를 마시는 일은, 거기에 케이크를 합쳐도 500엔 동전 하나로 끝나는 일은, 어린 시절 학교 근처 문방구에서 군것질을 하는 것과 비슷한 기분이랄까.

오사카 난바 역 부근의 상점가에는 쓰타야 서점이 있다. 쓰타야 서점은 1층과 2층을 스타벅스와 접목시켰다. 커피를 사서 2층으로 올라가면 우리나라에서 흔히 볼 수 있는 카페가 있다. 쓰타야는 무려 8시부터 28시, 즉 새벽 6시까지 영업을 하기 때문에 브런치를 즐기기에 제격이다.

오사카의 우메다 역 주변 역시 브런치를 즐기기에 좋다. 난바 역 부근은 우리나라로 따지자면 명동에 비견할 정도로 복잡하고, 우리나라 말이 심심찮게 들리기 때문에 이국적인 풍경을 즐기기엔 좀 부족하다. 하지만 한큐 선 우메다 역에서 15분쯤 떨어진, 우리나라로 따지자면 을지로처럼 회사가 즐비한 골목 쪽으로 나오면 브런치를 즐기기에 적당한 한산한 길이 펼쳐진다. 곳곳에 프렌차이즈 카페 등이 즐비한 데다 10월엔 핼러윈 계절이기 때문에 각종 굿즈도 구입할 수 있다. 이쪽 길을 알게 된 건 어디까지나 우연이었다. 함께 간 K 양이 이 길을 찾아냈다. 정확히 말하자면 K 양의 덕질을 위해 주변을 헤매다 발견했다.

K 양은 일본 아이돌 그룹 아라시의 팬이라, 아라시의 공연이 열릴 때마다 도쿄 등 각 도시를 찾아간다. 일정은 아이돌 아라시의 콘서트에 맞추고 남는 시간엔 쟈니스 숍에 들른다. 쟈니즈 숍에서 K 양은 자신이 좋아하는 아라시의 멤버 사쿠라이 쇼

의 사진을 구입한다. 그 가격이 상당하다. 장당 가격이 130엔에서 160엔 사이. 몇 장 구입 안 한 것 같은데 계산대에 서서 보면 5000엔이 훌쩍 넘는다.

지난 2014년에도 탄복했고 이번에도 마찬가지였다. 그래도 다행이라면 다행이랄 것이 오사카는 도쿄만큼 붐비지 않아 쉽게 계산을 하고 나올 수 있었다. 도쿄 하라주쿠에 위치한 쟈니스 숍은 구입에 두 시간이 넘게 걸렸다.

조금 특이하게 즐길 수 있는 브런치 코스로는 교토의 전통 카페가 있다. 우리나라로 따지자면 인사동이나 삼청동 주변의 카페 같은 분위기다. 덴류지 정문 바로 맞은편에는 말차와 말차 파르페, 와라비 모찌(고사리떡) 등을 파는 가게가 즐비하다. 비싼 곳은 가격대가 세트 하나당 만 원이 넘지만 관광객 기분으로 약간 비싸게 주고 한 잔 마시자는 기분으로 가면 그리 나쁘지 않다.

2층 카페의 바깥이 보이는 통유리 바 자리에 앉아 덴류지 정문을 내려다보고 있자니 역시 풍경 값으로 1인당 만 원은 괜찮지 않은가 하는 안이한 생각이 든다. 운이 좋으면 인력거를 타고 지나가는 게이샤 분장의 외국인을 보거나, 기모노 체험을 하는 중국인 할머니를 볼 수도 있다.

오사카에는 곳곳에 카페와 다실이 있다. 2016년 오사카행에서 내가 가려고 했던 곳은 오사카 만국박람회기념공원 내 일본 정원에 위치한 다실이었다.

《20세기 소년》을 감명 깊게 봐서 왔습니다

K 양이 먼저 만박기념공원 이야기를 꺼냈다. K 양이 이곳에 가자고 한 까닭은 태양의 탑 때문이었다. 그 탑을 직접 구경하고 싶다는 이야기에 나도 단번에 찬성했다. 만화《20세기 소년》을 본 사람이라면, 누구나 이 태양의 탑을 제 눈으로 보고 싶어지리라.

무사히 태양의 탑은 봤지만, 다실엔 들어가지 못했다. 예약을 해야만 갈 수 있는 건지, 아니면 일요일에 방문했기에 문이 닫혀 있었던 것인지는 모르겠다. 대신 플리마켓을 구경했다. 정확히 언제 열리는지는 모른다. 내가 간 일요일에는 마침 마켓이 열려 있었을 뿐.

만박기념공원 입장권 외에 따로 입장권을 끊어 플리마켓이 열리는 광장에 들어가면 갖고 온 물건들을 사고 팔 수 있다. 많은 사람들이 텐트까지 치고 자리를 잡아 주말을 즐기는 광경이 상당히 그럴듯했다.

잠시 구경하자니 커피 생각이 절실해졌다. 이유는 모르겠다. 사람들이 잔뜩 모인 광경을 보면, 누군가 그곳에서 즐겁게 대화하는 모습을 보면, 손에 꼭 커피를 들고 있어야 할 것 같다. 그래서 바로 옆에 보이는 노천카페에 가서 커피를 시키려다가 크림멜론소다를 시켰다.

가끔 나는 충동적으로 커피 대신 다른 걸 시킨다. 메뉴판에 내가 모르는 음료가 있다면, 혹은 그곳에서밖에 못 먹을 것 같은 게 보인다면 그걸 일단 먹어본다. 이날, 노천카페엔 마침 커다랗게 크림멜론소다와 멜론소다 포스터가 붙어 있었고, 나는 그 포스터의 유혹을 이길 수 없었다. 크림멜론소다 위에 올라온 소프트 아이스크림을 할짝거리며 주변을 유유자적 지나다니는 외국인들을 바라보자니 새삼 홍세화의 《나는 빠리의 택시운전사》(창비, 1995)의 한 구절이 떠올랐다.

> **나는 이방인이되 엑스트라 이방인이었고 또 삼중의 이방인이었다. 우선 나는 프랑스 땅에 사는 외국인인 문자 그대로의 이방인이었다. 그리고 한국인이면서 빠리의 한국인 사회에 낄 수 없는 이방인들 중의 이방인이었다.**(58쪽)

나는 잠시, 이 문장을 문장 그대로 받아들여보기로 했다. 말 그대로 '낯설게 하기'다. 나는 이방인이다. 오사카며 교토, 나라 어딜 가도 한국사람이 득시글했으나 이곳 만박기념공원에서는 상황이 다르다. 느긋한 표정으로 주변을 구경하는 외국인이라곤 나와 K 양뿐이다. 나머지는 다들 이 나라 사람들이다.

그들은 이곳에 주말을 즐기기 위해 왔다. 삶의 일부분으로 주말과 월요일을 잇는 어떤 한 순간 이곳에 있는 것이다. 그런 그들 사이에서 나는 그저 이곳에 있다. 나는 플리마켓의 주역이 될 수 없는 엑스트라다. 그들에게 나눠줄 것도, 그들이 가져온 것 중 살 것도 없기에 그저 이 모든 풍경을 즐길 뿐이다. 한 발짝 떨어져 크림멜론소다를 마시며 그들을 바라보는 나는 그들 사이에 끼었으나 끼지 않은 삼중의 이방인이다.

햇볕이 너무 뜨거웠다. 크림멜론소다가 잘도 녹았다. 이만 여행을 끝내지 않았다가는 진짜 이방인이 될지도 모른다는 불안감이 엄습했다. 슬슬 돌아가기로 마음먹었다. 내가 회귀할 삶의 다른 이름은 아마도, 카페였다.

일단 아무것도 정하지 않는다

20대 때 한참 우울했던 시기가 있었다. 소설도 읽고 싶지 않았고, 그 밖의 책도 싫었고, 그렇다고 만화나 텔레비전이 보고 싶냐 하면 그것도 아니었다. 세상 모든 사람이 날 미워하는구나 싶은 기분이 들던 때였다. 지금 생각해보면 20대 때 한 번씩 겪는 깊은 절망이었던 것 같다. 학교를 다닐 때엔 천둥벌거숭이에 우물 안 개구리였다가 사회에 나가고 나서야 나까짓 것, 하고 깨닫는 과정 말이다.

인간은 그런 과정을 통과의례처럼 몇 번이고 거듭하면서 괜찮은 인간에 가까워지는 것 같다. 아마도 지금의 나 역시 그런 통과의례 중 하나를 또 겪고 있을 것이다. 지금은 모른다. 그때 겪었던 것이 통과의례라는 사실은 언제나 오랜 시간이 흐른 후에야 어렴풋이 깨닫게 된다.

방황기에 내가 우연히 보게 된 건 '올리브티비'였던가, 그런 이름의 말랑말랑한 케이블 방송이었다. 타이라 뱅크스가 진행하는 〈도전! 수퍼모델〉이라든가 〈요절복통 70쇼〉 같은 프로그램을 보면 시간이 잘 갔다. 나처럼 방황하는 청춘들이 나와서 위로가 됐다. 그러다 본 드라마 중 하나가 〈섹스 앤드 더 시티〉였다.

처음 이 시리즈를 봤을 때엔 채널을 돌렸다. 미국 드라마는 시트콤 〈프렌즈〉밖에 모르던 때였고, 그나마도 별로 열심히 보지 않았다. 그러다 아무리 채널을 돌려도 자꾸만 〈섹스 앤드 더 시티〉 재방송이 나오자 결국 봤다. 한 회차를 보고, 연달아 몇 회를 보다가 뭔가 저 이야기가 내 이야기인 것은 아닌가, 하는 기분이 들어 골몰하더니 언제부터는 부러 찾아 봤다.

주인공 캐리가 입었던 티셔츠 중 '아이러브뉴욕' 티셔츠가 어찌나 인상 깊던지. 단순한 관광기념품에 불과해 보이는 흰 티셔츠에 청바지를 입은 캐리의 모습이 어찌나 예쁘던지. 혼자 사는 그녀가 겪는 좌절과 성공을 보며 나도 언젠가 그런 삶을 살 수 있다면 참 좋을 것 같다고 막연히 생각했었다.

그로부터 얼추 15년이 지난 지금, 나도 '아이러브뉴욕' 티셔츠가 생겼다. 나름 좌절했고, 나름 성공해 언젠가부터 성공한 덕후라 불린다. 앞으로 펼쳐질 내 인생은 〈섹스 앤드 더 시티〉일까, 아니면 '전체이용가' 애니메이션 〈개구리 중사 케로로〉일까.

일단, 아무것도 정하지 않기로 한다.

#3 성덕의 창작 생활

잠입 취재와 벗어나기

블로그에서 자주 받는 질문 중 하나가 "어떻게 취재를 하나요?"다. 이런 질문을 들으면 처음엔 별걸 다 궁금해 하는구나 싶다. 하지만 대답을 하기 위해 뭔가를 적다 보면 막연히 깨닫게 된다. 어쩌면 이들은 지금 쓰는 글이 힘에 부쳐서, 또는 대화가 하고 싶어서, 조금이라도 자신에게 재능이 있다는 말이 듣고 싶어서 이러는 것일지도 모른다고. 이런 생각이 든 것은, 어린 시절의 나에게도 그런 경험이 있는 까닭이다.

이른 나이에 입봉을 했다. 2002년 〈주사위〉라는 영화 시나리오로 경인방송 〈미스터리극장〉에 내 이름을 달고 크리스마스 특집극을 방영했다. 당시 나는 백 편에 가까운 습작 시나리오가 있었다. 입봉도 했겠다, 나는 이제 다 된 줄로만 알았다. 일거리가 끊이지 않고 들어오겠지, 앞으로 작가로 살아갈 수 있겠지 생각했으나 그건 천만의 말씀, 만만의 콩떡이었다. 여전히 현실감각이 없다는 이야기를 연거푸 들어야 했다.

"사회 경험을 쌓아." "넌 아직 너무 어려." "현실감각이 없어. 죄다 만화 같아."

어떻게든 이 문제를 해결해야 한다는 생각을 했기에 그렇다면 사회 경험을 쌓아야겠다고 생각했다. 그렇게 결정한 것이 바로, 잠입 수사……가 아니라, 잠입 취재였다. 기자 생활을 다룬 영화를 많이 봤고 나도 하나쯤 써보고 싶어 썼다가 또 이게 말이 되냐는 말을 연거푸 들었다. 오기가 생겼다. "그렇다면 내가 기자 해보면 될 거 아냐!" 하는 생각으로 몇 군데고 면접을 본 끝에 기자로 취직했다. 당시엔 지금만큼 취직이 힘들지 않았다. 2002년 월드컵 이후 잠깐 호황기가 왔다. 중소기업은 어렵잖게 입사가 가능했다.

내가 취직한 곳은 30명 규모의 의학전문 출판사였다. 이곳에서 내는 신문은 치과의사를 전문으로 하는 주간신문이었기에 처음엔 만만하게 여겼다. 메이저 신문사도 아니겠다, 치과의사를 대상으로 하겠다, 그렇다면 뭐 어렵겠어? 이렇게 생각하며 쓰기 시작했는데 세상에나, 그건 커다란 오산이었다. 마음먹은 것처럼 멋진 기사를 뽑을 수 없었다.

당연히 늘 혼났다. 취재가 부족하다, 사회를 보는 시선도 부족하고 상식도 부족하다. 처음엔 반발했지만 현장에서 구르다 보면 깨닫게 된다. 정말 내가 모든 게 다 부족하다는 사실을 인정할 수밖에 없는 상황이 온달까. 이전까지는 내가 그 정도인지 몰랐다. 현실감각이 없다거나 사회 경험을 쌓으라는 말은 어디까지나 내가 잘 쓰니까 듣는 시샘 섞인 비아냥이라고 생각했다. 하지만 그건 '진짜'였다. 혼나고 나서야 정신이 들었다. 대단찮은 지식을 갖고 기자 일을 하려고 했다니 자신이 한심했다. 선

배들을 따라잡겠다고 생각하며 주변을 봤다. 그리고 깨달았다. 모든 건 사람의 일이라는 사실을.

신문을 만드는 일은 사람에서 비롯된다. 사람들이 모여서 기획 회의를 한다. 그들에게 기자란 직함이 붙어 있긴 하지만 그건 그 사람을 지칭하는 극히 일부분의 단어일 뿐이다. 사람은 누구나 자신의 생각을 갖고 있다. 표현하는 방식이 다를 뿐이다. 혹은 자신이 생각하고 있는 게 뭔지, 아직 명확하게 할 단서를 모르기에 표현하지 못할 뿐이다. 기자라는 직종은 자기 자신의 생각을 명확하게 하기 위해 주변에 골몰하는 부류다. 다양한 사람을 만난다. 사람들과 이야기를 나누고, 채집하여 하나의 글을 완성한다. 이 모든 것을 어렴풋이 알게 된 순간부터 조금 진지해질 수 있었다. 그리고 내 기사를 들여다보고 깨달았다.

나는 지금 기자의 흉내를 내고 있을 뿐이다. 그러니 기자가 되지 못한다. 앞으로도 그럴 것이다. 내가 이곳에 온 것은 어디까지나 나의 글을 쓰기 위해 취재를 온 것뿐이니까, 잠시 그 사실을 잊고 기자 자체가 되려고 노력하다 보니 혼란에 빠졌을 뿐이니까. 그 생각이 들자 일을 그만뒀다. 기자가 주인공인 시나리오를 하나 적어 공모전에 보내고는 잊었다. 이후 다음 시나리오를 적고 싶다는 생각을 하며 동네 산책을 하다 다음으로 잠입 취재하고 싶은 곳을 발견했다.

동네를 산책하는 일은, 특히 장충동 골목을 도는 일은 즐겁기 짝이 없다. 시나리오를 쓰던 당시 내가 살았던 장충동 골목은 늘 새로웠다. 오랜 시간 그곳에 자리 잡은 건물들이 나름의 역사를 들려줬다. 언젠가 그렇게 산책하다가 우연히 태극당에 들렀다. 우리 동네에 이렇게 오래된 빵집이 있었다니, 새삼 놀라서 안을 들여다보다 그런 생각이 들었다.

아, 이곳을 배경으로 한 로맨틱 코미디 시나리오를 하나 쓰면 어떨까. 그렇게 생각하자마자 실천한 것은 당연히 취재였다. 바로 카운터로 가서 "아르바이트 구하는데요"라고 말했다. 취재를 하려고 지원한 거니 카운터에서 빵을 팔고 싶었는데 사장님은 나를 보더니 카페로 운영 중인 홀에서 일을 하라고 시켰다. 나는 '이건 내 계획과 다른데……'라고 생각하면서도 순순히 홀로 갔다. 이후 처음으로 남을 위해 음료를 제조하며 카페 일이 생각보다 상당히 귀찮은 일이라는 사실을 깨달았다.

기자 생활을 할 때 가끔 들르던 카페들을 떠올렸다. 내가 다니던 신문사 바로 앞에는 샌드위치와 커피를 파는 30평 규모의 가게가 있었다. 언젠가 멋모르고 이곳에 가서는 샌드위치 열 개와 커피 열 잔을 시켰다가 혼자 있던 직원을 새파랗게 질리게 만들었다. 그때의 나는 바리스타와는 전혀 상관없는 일을 하고 있었기에 왜 그렇게 직원이 놀라는지 몰랐으나, 후에 카페에서 같은 일을 겪어보고 알았다.

샌드위치 열 개와 커피 열 잔을 동시에 시킨 후 그 앞에 앉아 "빨리 해줘요"라고 바리스타를 재촉하면 속이 바싹바싹 마르다 못해 울고 싶어진다. 굉장히 진지하게 말하는데, 손님들이 제발 사정 좀 봐줬으면 좋겠다. 바리스타 혼자 있는 가게, 저녁 가장 바쁜 시각에 와서 "토스트 열 개, 커피 열 개 당장 해주세

요"라고 요구하지 말자. 15분에서 30분 정도는 시간을 두고 미리 주문하자. 그러면 그 바리스타는 속으로 "이 진상아"라고 욕하지는 않을 것이다.

태극당에서 나는 여러 가지 흥미로운 일을 배웠다. 그중 하나는 박스를 접는 일이었다. 태극당에 간 사람들은 선물 세트를 구입해본 경험이 있을 거다. 몇 개들이 세트를 구입한다고 말하면 직원들이 각기 규격에 맞는 박스를 어디선가 가져와 재빠른 손으로 과자를 담는다. 사 먹을 때엔 그런가 보다 했던 이 일이 직접 해보면 상당히 손이 많이 가는 일임을 깨닫게 된다. 태극당처럼 유명하고 오래된 가게는 100세트, 200세트씩 주문이 들어오는 일이 많기에 미리 대비해 따로 박스를 접어둬야 한다.

한가한 시간이 되면 카운터와 홀 직원들이 카페 쪽의 큰 테이블에 둥글게 모여 앉아 박스를 접었다. 오랜 시간 태극당에서 일해 숙련된 직원들은 1분도 채 안 되는 시간에 박스를 하나씩 접어냈다. 그렇게 접은 박스를 하나둘 쌓아 마침내 20개, 30개씩 높게 쌓아 올리면 상당히 기분이 좋았다. 뒤편 거대한 창고로 옮겨 쌓은 100개, 200개의 박스를 보노라면 뭔가 대단한 일을 한 듯한 기분이 든달까.

언젠가 아이스크림 모나카를 만드는 법도 들었다. 아이스크림 모나카를 만드는 할아버지는 태극당에서 자라다시피 한 분이었다. 묻지 않아도 여러 이야기를 아이스크림 찍듯 쏟아내셨다. 어떻게 아이스크림을 만드는지, 반죽은 어떻게 저어야 하는지, 온도는 어떻게 조절하는지, 지금까지 어떤 사람이 이곳에서 일해왔는지 등 끊임없이 이야기해주셨고 나는 그 모든 것을 들었다.

태극당은 대부분 연세가 많은 분들밖에 없었기에 20대 초반의 대학생이 오면 늘 귀여움을 독차지했다. 갓 빵이 구워져 나오는 시간엔 재빠르게 시식을 하라며 이것저것 어른들이 챙겨줬다. 후에는 회식도 가면서 '아아, 이대로 여기서 계속 있어도 괜찮겠다'는 생각을 잠시 했던 것 같다.

환상이 깨진 것은 월급봉투를 받는 순간이었다. 그렇게 열심히 일했는데 고작 80만 원을 가까스로 넘는 월급을 받은 순간, 나는 도망칠 타이밍을 찾아야겠다고 결심했다. 더불어 처음으로 태극당 시스템에 대한 의문이 들었다. 이곳에서 일하는 어르신들도 그렇게 많은 돈을 벌지 못한다고 들었다. 그런데도 지금까지 일하는 건 대체 왜일까. 어쩌면 더 이상 새로운 일을 할 용기가 나지 않기 때문은 아닐까.

이곳에서 평생 일한 빵 공장 어르신들은 다른 곳에서 일한 경험이 없다. 그런 선택을 할 수 있을 만큼 나이도 학력도 넉넉지 않기에 기대에 못 미치는 액수의 월급을 받아도 일할 수밖에 없다. 그렇게 타협하며 살고 있는 것은 아닐까. 이런 생각에 미치자 나는 어서 빠져나오고 싶어졌다. 갓 나온 식빵은 맛있고 태극당의 역사는 재밌었지만 이대로 있다가는 조영주라는 개인이 태극당이라는 거대한 무언가에 점령당할 것만 같아 두려웠다.

부기 — 장충동 태극당은 리모델링을 하면서 많이 달라져, 예전과는 다른 분위기로 변했다.

안면인식장애

최근 드라마에서 안면실인증, 혹은 안면인식장애에 대한 이야기가 나오나 보다. 텔레비전을 보지 않기 때문에(10년 전부터 켜는 게 귀찮아서 안 켜버릇했더니 자연스레 안 보게 됐다) 정확히 뭐가 어떻게 표현되는지 모르겠으나, 안면인식장애 하니 생각나는 작가가 한 명 있다.

이유라는 작가다. 미야베 미유키의 그 《이유》를 떠올리게 하지 않는가? 맞다. 이 작가는 2010년이었던가, 내가 이제 막 기지개를 펴며 "소설을 써보겠어!" 할 때, 신춘문예에 안면인식장애가 걸린 형사 이야기를 써서 등단했다. 그리고 내가 세계문학상을 타던 해 문학동네소설상을 탔다. 그 장편소설의 제목은 《소각의 여왕》. 나는 신춘문예에 실린 소설을 그해의 첫날 들여다보며, 안면인식장애가 세간엔 이런 식으로 인식이 되는 것일까, 하고 생각했다. 내가 그 병이니까.

최대한 티를 안 내고 다니려고 노력하지만 결국 어떤 식으로든 들통이 난다. 예를 들어, 두 시간 전에 본 상대를 전혀 다른 장소에서 마주치고 의아한 표정으로 "누구세요?" 하고 묻는다든가, 친구와 함께 아이쇼핑을 하다가 순식간에 친구를 잃어버려 미아가 된다든가. (알고 보니 친구는 계속 내 맞은편에 서 있었다. 친구는 내가 장난친다고 생각해 그냥 지켜보고 있다가, 내가 전화까지 걸며 어딨냐 찾자 장난이 아니구나 싶어 돌아오라고 알려줬다 한다.) 이 정도는 약과다. 언젠가 버스에서는 바로 앞에 앉아 있는 엄마를 내리는 순간까지 못 알아봤다. 내릴 정류장이 나타나고 나서야 "저 옷이 우리 엄마 옷이랑 똑같은데" 하다가 가까스로 깨닫고는 "엄마다!" 아는 척을 했다. 에피소드를 말하자면 끝이 없다. 가장 난감한 일은 내가 내 얼굴을 알아보지 못하는 일이다. 버스를 타고 멍청히 앉아 있다가, 매직미러에 비친 내 얼굴을 보며 "흠, 나랑 비슷한 옷을 입고 있군" 하고 멀뚱거리다가 한 5분쯤 지나서야 "헉, 나잖아!" 하는 일도 자주 일어난다. (자다 일어나서 거울 보고 놀라는 것은 물론이다.)

이런 식의 이야기를 소설로 써볼 기회를 찾고 있다가, 최근 쓴 장편소설 《반전이 없다》에 내 사정을 도입해봤다. 안면인식장애 환자인 내가 쓰는 리얼리티 넘치는 안면인식장애 형사 이야기라니, 엄청 기대되지 않는가?

경전은 셜록 홈즈의 다른 말

토마토를 세 개 고른다. 꼭지를 딴 후 가위로 적당히 잘라 믹서기에 넣고 간다. 모닝빵을 두 개 꺼내 전자렌지에 20초 덥힌다. 전자렌지가 돌아가는 동안 개몽돌 씨는 옆에서 이족 보행을 하며 낑낑 소리를 낸다. 언젠가부터 우리 집 개는 전자렌지에 뭔가를 덥히면 그게 자기 입으로 들어올 가능성을 타진한다.

토마토주스와 모닝빵 두 개를 앞에 두고 뭔가 아쉬워 한참 고개를 갸웃거리다 아하, 하고 냉동실에 잘 넣어둔 커피 원두를 꺼낸다. 핸드밀에 넣고 간다. 올해 잘 쓰던 전동 그라인더를 몇 번인가 바닥에 떨어뜨리다가 결국 고장 냈다. 그 후 쿠팡에서 캠핑용 핸드밀이라는 스테인레스 제품을 구입했다. 이건 떨어뜨린 후 밟거나 깔아 뭉개지만 않으면 고장나지 않을 것 같다.

요즘엔 면역력이 별로라서 원두는 딱 7그램만 갈기로 한다. 무게를 재서 아는 것은 아니다. 5그램짜리 계량스푼이 있으니 얼핏 한 스푼 반 정도를 담으면 막연히 7그램이겠거니, 하고 생각하는 것이다. 그렇게 간 원두를 50밀리리터가 채 못 되는 양의 커피로 내린다.

식탁에 태블릿을 갖다 놓는다. 어제 이 태블릿이 말썽을 부렸다. 근처 도서관에 들고가 공공와이파이를 이용해서 이것저것 검색하며 지금 쓰는 소설의 다음 에피소드를 구상하는 것까지는 좋았는데, 그 직후 갑자기 먹통이 됐다. 태블릿이 재작동되던 저녁 8시 반까지 갖은 상념이 오갔다. 내가 얼마나 넷플릭스에 의존하고 있었는지 깨달았달까.

무언가에 몰입하는 것은, 특히 넷플릭스나 게임에 집중하는 것은 지나치게 부풀어 오른 뇌를 진정시키는 데 큰 도움이 된다. 넷플릭스가 안 될 때면 게임을 한다. 이제는 거의 아무도 하는 사람이 없을 것 같은 유행 지난 '캔디크러시 사가'를 두 번이나 싹 밀었다가 작년 여름인가에 다시 시작했다. 벌써 1200단계를 넘어서버렸다. 어제는 스트레스를 받아서 지나치게 집중을 했는지 단번에 20단계를 깨버렸다.

어제 보려다가 못 본 미드를 다시 켠다. 〈굿 와이프〉. 이게 한국에서 리메이크 되었다는 사실을 지난주 이맘때에 친구에게 들었던 것도 같다. 요즘엔 시간도 요일도 모두 사라져버렸다. 하루가 한 달처럼 흐르기도 하고 한 시간처럼 흐르기도 한다. 머릿속에 남은 건 내가 마주하는 글뿐이다.

소설을 쓰는 일은 늘 어렵다. 단편이고 장편이고 다 어렵다. 나는 또 도망치고 싶어진다. 그런 나를 달래는 것은 책장 중앙에 버티고 선 나의 경전이다. 내게 있어 경전이란, 셜록 홈즈의 다른 말이다. 오늘도 나는 경전을 편다. 그리고 내가 쓰려는 글의 원형을 찾는다.

\\\

일곱 개의 문을 지나

근 15년 전, 나는 작은 치의학 전문 주간신문에서 일하고 있었다. 내가 이곳에 입사했던 까닭은 크게 세 가지였다. 첫째, 당시 사귀던 남자친구(내 인생에 사귄 두 명의 남자 중 한 명이자 결혼을 생각했던 유일한 상대)가 "여자도 돈을 벌어야 한다"고 나를 강하게 설득한 덕이었고 둘째, 좋은 글을 쓰려면 사회 경험을 많이 해야 한다는 조언을 들어서였으며 셋째, 당시 쓰려던 시나리오 속 주인공이 기자여서였다.

그렇게 들어간 치의학 전문 주간신문. 나의 고질병인 조르바 증후군이 도지기 전까지는 그럴듯하게 근무할 수 있었다. 또, 꽤나 예쁨을 받아 고작 6개월 일한 것치고는 상당히 많은 것을 보고 들을 수 있었으니, 외국인들이 잔뜩 오는 박람회라든가 각종 치의학 관련 컨퍼런스, 임프란트를 이식하는 광경 등을 전부 볼 수 있었다. (시체 해부 실습을 못 본 게 아직도 아쉽다.) 이런 내가 운 좋게 했던 경험 중 하나는 교도소 취재였다.

치과의사들 중에는 교도소로 자원봉사를 가는 선생님들이 많았다. 나는 오래 자원봉사를 해오신 분 중 한 분을 쫓아 교도소에 갈 기회를 얻었다. 아침 일찍 찾아간 교도소 앞, 소장님이 직접 우릴 맞았다. 소지품을 검사하고 주민등록증을 맡기는 등 일련의 과정 후 안에 들어갔다. 여러 개의 문을 지나 마침내 완벽하게 교도소 안에 들어섰을 때, 소장님이 가장 먼저 한 이야기가 아직도 기억에 남아 있다.

"기자님, 지금까지 우리가 몇 개의 문을 지나온지 압니까?"

"모르겠는데요."

"일곱 개입니다. 일곱 개. 무지개와 같은 숫자죠. 이 안에 갇힌 사람들은 일곱 개의 문 너머에 있는 겁니다."

교도소장님의 말에 영화 〈오즈의 마법사〉에 나오는 노래 '오버 더 레인보'를 떠올렸다. 무지개 너머 어딘가, 너무나 가까운 곳에 있지만 각기 다른 이유로 감금당한 사람들을 보며 내가 몰랐던 세상의 이면을 들여다보게 되었달까. 내 잠입 취재는 반년 만에 끝났다. 하지만 이때의 경험은 여전히 머릿속에 생생하다. 그리고 최근 읽은 소설가 김탁환의 기록문학 《살아야겠다》는 당시의 경험을 새삼 떠올리게 했다. 이 소설 속 등장하는 인물들은 여섯 개의 문 너머에 감금되기에.

메르스가 전국을 휩쓸었을 당시 나는 강남 논현동에 있는 작은 카페에서 일하고 있었다. 이곳에서 나는 갖은 인간 군상을 만났다. 그들은 15년 전 감옥 안에 살던 사람들만큼이나 위태로운 삶을 살았다. 아주 조금만 금을 잘못 밟으면 바로 일곱 개 문 너머로 격리될 수밖에 없는 사람들이었다. 콜때기, 강남 선수로 통하는 호스트, 언니, 나가요, 텐프로 등으로 통하는 호스티스며 포주와 주먹들. 그들이 내가 일하는 카페를 자주 드나들었다. 또 개중에는 사기꾼이나 협잡꾼, 변태들도 있었다.

내가 글을 쓴다는 것은 단골 중에서도 극히 일부만 아는 비밀이었다. 그렇기에 상을 타고 일을 그만두기 직전까지 나는 이들의 생생한 이야기를 들을 수 있었다. 방석 방에서 일어난 이야기, 안마시술소의 비밀 영업, 호스트의 작업 방법까지 듣고 있자면 내가 지금 커피를 내미는 이 주방 안과 그들이 앉아 있는 홀은 고작 50센티미터도 채 떨어져 있지 않음에도 불구하고, 너무나 멀게 느껴졌다. 하지만 또 어울리자면 아무렇지 않았다. 일단 동류로 받아들여지면 친절했다. 함께 웃으며 떠들 수 있었다.

내가 일하던 이 카페에도 메르스는 찾아왔다. 우리 가게는 메르스가 오든 말든 전혀 상관하지 않는 분위기였다. 왜 마스크를 쓰고 일해야 하나 의아해하는 사람들이 대부분이라 다들 평소와 같이 담소를 나누며 커피를 팔았더랬는데, 어느 날 갑자기 연락이 왔다. 함께 근무하던 언니 중 한 명이 메르스 때문에 집에서 못 나오게 되었다는 이야기였다. 별생각 없이 갔던 병원에서 '하필이면' 메르스 환자가 나와서 그렇게 됐다는 사연이었다. 이 이야기를 들은 나는 "어머, 언니 괜찮대요? 많이 놀랐겠다" 하면서도 한편으로는 마스크를 사야겠다고 생각했다. 또, 무서우니까 당분간 그 언니랑 접촉하면 안 되는 게 아닐까 의심했다. 이런 막연한 의심이 얼마나 무서운 건지 알지 못한, 무지에서 온 염려였다.

그렇듯 메르스는 근처에 있었다. 누구라도 걸릴 수 있었다. 하지만 나는 이 책을 읽기 전까지는 그 누구에 해당하는 사람이, 감옥과 사회를 가로지르는 일곱 개의 문에 버금갈 '여섯 개의 문' 너머로 격리되는 줄은 몰랐다. 그리고 메르스 환자가 단 한 명 남았을 때 그 이후에 어떤 일이 벌어졌는지도.

병이 나면 치료를 해야 한다. 하지만 어떤 병이 발병했을 때 그만큼 무서운 건 합병증이다. 또, 암이나 백혈병 환자가 가장 두려워하는 건 재발이다. 나도 친척 중 그런 병을 앓는 이가 있다. 암이란 오랜 세월 앓고 완치가 되었다가도 다시 병원에 가게 만드는 게 그런 병, 그래도 요즘 세상이 좋아져 예전엔 그렇게 고생을 했지만 이제는 꼬박꼬박 병원에 가서 검사를 받고 약물치료를 하면 금세 나아지는 병, 그렇게 알고 있었다. 이 책을 볼 때까지는.

주인공 석주는 메르스에 걸린다. 문제는 석주가 아주 오랜 시간 다른 병과 싸워왔다는 거다. 석주는 가까스로 병에 이겼다. 그런데 하필이면 일 년 후 그 병이 재발하던 순간, 메르스에 감염되어버렸다. 이때부터 석주에게 딜레마가 찾아든다. 메르스를 먼저 치료하느냐, 아니면 지독한 암세포와 싸우느냐. 국가는 석주에게 메르스를 먼저 치료하라고 말하지만 문제는 석주의 검사 결과다. 오랜 세월 암세포와 싸워온 탓일까, 석주의 메르스 감염 여부는 일반인과 다른 결과를 보인다. 몇 번이고 음성과 양성을 반복하는 사이 석주는 지독한 환멸에 빠져 서서히

죽어간다.

누군가는 메르스에 이긴다. 하지만 메르스를 이겨 가까스로 여섯 개의 문에서 벗어났을 때, 세상은 그 누군가를 반갑게 맞아주지 않았다. "더러운 게 옮을지도 모른다"는 말을 들으며 직장에서 쫓겨나야 했다. 이후 그 누군가는 자신이 메르스에 걸렸었다는 사실을 숨기기로 한다. 또 누군가는 아버지의 장례식장에 온 친척들과 다 함께 메르스에 걸린다. 단지 의가 좋은 가족이었을 뿐인데, 그저 모여 정을 나누다가 다 같이 세상을 하직했다. 그래서 누군가는 물을 수밖에 없었다. 우리는 잘못했습니까, 병에 걸린 것이 잘못입니까, 정이 많은 것이 잘못입니까, 그리고 암에 걸린 것이 잘못입니까, 라고.

낙인이 찍힌 그들은 어쩔 수 없이 스스로 마음의 문을 잠갔다. 하나, 둘, 셋…… 잠그다 보니 그 문은 일곱 개나 됐을지도 모르겠다. 그것은 어쩌면 마음의 감옥일지도 모른다. 이런 마음의 감옥의 문을 열고 나오려고 가까스로 노력한 사람에게 손을 뻗어주는 것, 이 책을 읽고 이런 일이 있었군요, 잊지 말아야겠습니다, 많이 힘드셨군요, 이제야 알았어요, 공감해주는 것이 아마도 내가 할 수 있는 소소한 보답이리라.

우리는 누구나 자기 삶이란 글을 완성하기 위한 작가니깐요

어쩌다 보니 작가가 됐다. 정확히 말하자면 밥을 벌어먹어야 하는데 글 쓰는 재주밖에 없는 것 같아 올인을 하다 보니 그렇게 됐다. 그런데 살다 보니 작가라는 게 어떤 사람들에겐 지나치게 대단한 일처럼 보이는 듯해 의아할 때가 있다.

직업에 귀천이 있을까. 나는 잘 모르겠다. 오늘 남북정상회담을 지켜보노라니 역시 가장 귀하면서도 천한 직업은 대통령인가 싶으면서도 사실, 직업은 그리 중요한 것 같지 않다. 학력도 마찬가지다. 중요한 것은 나 자신이 지금 얼마나 충만한가, 일 것 같다.

나는 글을 쓸 때면 마음이 평안해진다. 평소의 소심함이나 사람을 두려워하는 마음, 갖가지 근심이 사라지고 잠시나마 나 자신이 홀로 오롯이 있다는 기분, 살아도 된다는 허락을 받는 듯한 기분이 든다. 그래서 글에 매달리게 되었다. 삶의 대부분을 글을 중심으로 재편성하고, 글에 맞춰 모든 사람을 대했다.

처음엔 그게 좋다고 생각했다. 그래야 작가가 될 수 있을 것 같았으니까. 돈을 벌어 먹고살 수 있을 것 같았으니까. 하지만 살다 보니 알게 된 것이, 이렇듯 글에 매달리면 삶이 피폐해지더라는 것이다. 나는 하나의 그릇이 되어버려서, 그것도 제대로 손질하지 못해 여기저기 금이 가고 이가 빠진 그릇이 되어서 한참 동안 보수를 해야 한다.

요즘 나는 자신을 보수하고 있다. 금이 간 부분에 금박을 입히고 이가 빠진 부분은 살살 달래 새로운 점토를 붙인다. 자신에게 말한다. 넌 잘하고 있다, 더는 무리하지 않아도 돼, 넌 있는 그대로 훌륭한 사람이야, 하고 말이다.

그런데도 불구하고 가끔 작가라고 밝혔을 때 "와!" 하거나 혹은 "아, 웹 소설 작가요? 방송작가?" 같은 말을 하면 힘이 빠진다. 대부분, 뒤의 호칭은 사람을 업신여기는 경우라는 것을 알기에 나는 이렇게 말하고 싶다.

하지만 말이에요, 그렇지 않아요. 인간은 누구나 모두 작가입니다. 지금 글을 쓰고 있으면, 그리고 그 글에 진지하게 자기 자신을 바칠 수 있다면 그 사람은 아주 훌륭한 작가입니다. 우리는 누구나 자기 삶이란 글을 완성하기 위한 작가니깐요.

결국 사람은 자기 좋을 대로 사는 동물이니까

나에게는 제법 많은 작법서가 있다. 지금 이렇게 컴퓨터 화면을 보며 키보드를 두들기는 사이에도 나의 작법서들은 등 뒤에서 나를 내려다보고 있다. 나는 그것들을 책장 맨 위 칸에 일렬로 꽂아놓았다. 딱히 그러고 싶었던 까닭이 있었던 것은 아니다. 이사를 하고 나서 우왕좌왕 정리를 하다 보니 자연스레 그곳에 꽂혔을 뿐이다.

이 책들 중에는 내 생애 최초의 작법서도 있다.《당신도 작가가 될 수 있다》라는 손발이 오그라드는 제목의 책이다. 초판은 1991년에 발행되었고, 내가 가진 건 4쇄로 1996년 본이다. 이 책은 무엇 하나 버릴 것이 없다. 그중에서도 가장 큰 충격을 줬던 챕터를 꼽으라면, 글로 남의 사랑을 받으려고 하지 말라는 것과 죽고 싶지 않다는 잔잔한 고백일까.

글쟁이들이라면 누구나 한 번쯤 착각한다. 자신이 쓴 글에 대한 평가가 "자기 자신을 평하는 것"이라고 여기고는 상처받는다. 사실, 그렇지 않다. 내가 쓴 글과 나는 다른 존재다. 일단 내 손에서 벗어나는 순간부터 나와 글은 "그동안 고마웠어" 해야 하는데, 대부분의 작가들은 이 이별에 익숙하지 못하다. 예를 들어, 새 책이 나와서 온라인서점에 등록되기도 전에 누군가 나타나서 별점 1점을 주기라도 하면 그날 밤 잠은 다 잔 것이다. 하지만 사실 시간을 두고 보면 악플보다 무서운 것은 칭찬이다. 누군가 내 글이 좋다고 하면 나도 모르게 그렇게 쓰고 싶어진다. "좀 더 칭찬을 해줘, 좀 더!" 이렇게 기대다 보면, 상대가 "이번 건 별로네"라는 말만 해도 그대로 기가 팍 죽어버리고는 "상대의 마음에 들도록 글을 고치게 되는" 오류를 발휘하고 마는 것인데, 이건 아주 위험한 행동이다.

20대 시절, 아직 내가 무명이었고(여전히 무명에 가깝지만) 많은 사람들이 내가 쓴 글에 대해 함부로 말하던 때가 있었다. 이른바 시나리오 스터디를 일 년 정도 했다. 이건 이래서 좋고, 저건 저래서 싫고, 나는 그때마다 사람들의 이야기에 일일이 귀를 기울였다. 기대에 맞추려고 끙끙거리며 원고를 고쳐서 잽싸게 다시 보여주면 사람들은 어색한 표정을 지었다. "이렇게 빨리 고쳤어? 아, 수고했네" 하고는 입을 다물기 일쑤였다. 나는 의아했다. 고쳐달라는 대로 고쳤는데 왜 그럴까, 뭐가 문제일까. 그런 일이 일 년이 넘게 반복되었을 무렵, 오랜 세월을 알고 지낸 작가 분이 한참 담배를 피우다 말했다.

"있잖아, 남이 원하는 것만 고쳐서는 소용이 없어. 작가는 남이 원하는 것, 그 이상을 해내야 해. 자기 자신이 쓸 수 있는 것을 자신의 논리로 써내야 하는 거야."

당시의 나는 그 말이 뭔지 이해할 수 없었다. 그저 고치면 되는 것 아닌가, 그런데 왜 그 이상을 해야 한다는 건가.

이제 나는 그 말의 의미를 아주 조금은 안다. 그때로부터 거의 15년이란 세월이 지나고 나서야 어렴풋이 깨달았다. 무엇을 쓰든 결국 이야기를 듣게 되어 있다. 사람은 자기 좋을 대로 사는 동물이니까 그런가 보다 하는 수밖에 없다. 그러니 후회하지 않으려면 최선을 다하는 수밖에 없다. 남의 입맛에 맞추기 위해, 누군가에게 의존하기 위해서가 아니라 자기 자신이 어떤 사람인지, 자기 자신이 무엇을 좋아하는지, 정말 이것이 옳다고 생각하는지 그것만 집중하고 그저 쓰는 수밖에 없다. 결과가 폭망이라면 어쩔 수 없다. 그냥 쓴웃음 한 번 짓고 다음 소설을 쓰면 되는 거다. 그게 작가니까. 단 한 편의 소설로 끝날 반짝 스타가 아니라, 한 편, 두 편, 자신만의 역사를 소설의 탑으로 기록해나가는 것이 작가니까. 그저 그런가 보다 하고 쓰는 수밖에 없다.

하이퍼그라피아

나는 언젠가부터 경조증-우울증을 넘나드는 병을 앓고 있다. 조증까지 가지 않는 까닭은 '하이퍼그라피아'라는 병질 덕이다. 하이퍼그라피아는 한마디로 말해 '글을 쓰고 싶어 참을 수 없는' 병이다. 이 병에 걸리면 자기 자신에 관한 글을 쓰는 일에 천착한다. 메모광이라고 말해도 좋다. 하이퍼그라피아는 뭘 적든지 말이 많고 길다. 중언부언은 기본이다. 끊이지 않는 문장의 리듬감을 즐기는 유치한 취미는 특히 새벽이면 쉽게 발발한다. 예를 들어 지금 이런 식으로 문장의 오류와 비문에 도전하며 부러 만연체로 줄줄 뭔가를 적느라 심하면 한 문장이 한 문단이 되어도 아무렇지 않게 실실 웃는다. 다 적고는 퇴고도 안 하려 든다.

어렸을 때부터 그냥 글을 쓰는 게 좋았다. 스트레스를 받을 때면 5분이고 10분이고 단숨에 내려적고는 해방감에 뿌듯해했다. 그 해방감은 아마도 예술가들이 흔히 느끼는 고양감, 또는 주자들이 달리다 보면 느낀다는 '러너스 하이'와 비슷하리라. 한마디로 엔돌핀 과다 상태랄까. 엔돌핀. 그래, 그거다. 하이퍼그라피아에게 글쓰기란, 스트레스를 받은 뇌가 어떻게든 살아남기 위해 뇌 내 마약 성분을 억지로 끌어내 우울해지지 않으려 하는 안간힘인 것이다.

지금 나는 어떻게 잡글이라도 쓰려고 한글 파일을 여는 데는 성공했다. 하지만 역시 평소와는 다르다. 제대로 된 속도가 아니다. 나는 말하는 속도와 글을 쓰는 속도가 같다. 내가 말을 하면 문장이 되고 그것을 그저 받아쓸 따름이라는 감각으로 늘 글을 쓴다. 그런데 지금은 글을 적는 속도가 말을 더듬으며 천천히 말하는 수준밖에 되지 않는다. 어쩌다 이렇게 됐을까, 생각하면서도 어쩌면 일반적인 사람들은 이런 식으로 글을 쓰는 걸지도 모른다는 생각을 또 잠시 해본다.

어렸을 때 나는 모든 사람들이 나처럼 글을 쓰는 줄 알았다. 그냥 생각하고 있는 것을 문장으로 풀어내면 그게 글이 되었으니 말이다. 그래서 사람들이 글을 쓰는 게 힘들다, 어렵다고 하면 이해하지 못했다. 하지만 언젠가부터 나도 글을 쓰는 게 힘들다는 말을 이해할 수 있게 됐다.

서른이 넘고 나서야 어렴풋이 알게 된 것은, 장면이 보이는 것과 문장을 적는 일이 별개의 일이라는 사실이었다. 내가 들여다보는 것은 일종의 다큐멘터리 필름이다. 있는 그대로 상황을 보여줄 뿐이다. 그것을 재미나게 만들려면 내 나름의 스킬이 필요하다. 내게는 그 스킬이 한없이 부족하다. 이 사실을 깨닫고 나자 나는 내가 보는 것을 보다 선명하게 드러내고, 사람을 설득하기 위해 공부를 해야겠다는 결심이 섰다.

\\\

그렇게 시작한 게 필사였다. 가장 중요한 건 문장력이라는 생각이 들었다. 당시의 나는(지금도 여전하지만) 문장에 자신이 없었다. 쓰고 있으면서도 내가 쓰는 것이 무엇인지 대부분 몰랐다. 어떠한 부분에서 완급을 조절해야 할지 늘 본능에 의지했다.

요즘 필사를 하는 사람들이 늘었다. 필사를 한다는 감각 자체가 마음에 드는 덕일 것이다. 무언가를 적는 행위에는 기분이 좋아지는, 이른바 카타르시스를 느끼게 하는 효과가 있어 사람들이 이것에 매달리는지도 모르겠다. 하지만 그것만으로 끝난다면 필사는 아무 의미도 없다. 필사는, 나 자신의 감각을 일깨우기 위한 단순한 기본기 연습이라는 사실을 깨달아야만 단어 하나하나를 들여다보는 태도가 달라진다.

나는 어제도 필사를 했다. 아마 오늘도 할 것이다. 이건 당연한 일이니까. 피아노로 치자면 《하논》의 느낌이랄까. 하물며 달리기를 하기 전에도 스트레칭을 하는데, 손 풀기를 하지 않고 글을 쓸 수는 없지 않은가.

부기 — 요즘은 필사 대신 핸드폰으로 사진을 찍고 그 부분 중 감명 깊은 부분을 SNS에 올리는 것으로 손 풀기를 대신하고 있다. 하이퍼그라피아답게 하루에 올리는 낙서의 양이 너무 방대하다 보니 대체 언제 그 많은 걸 다 읽고 쓰는 거냐는 말을 자주 듣는다.

언젠가 조영주는 될 수 있겠지

살다 보면 참 많은 천재를 만나게 된다. 지능이 남들보다 높은 사람들은 물론이고, '저런 비상한 아이디어는 어떻게 내지? 천재가 아닐까' 하는 생각이 드는 사람들까지. 그런데 살다 보면 알게 되는 게 또 하나 있다. 이 천재들을 천재라고 부르는 것은 아무 의미가 없다는 거다.

세상에는 자기 분야에 뚜렷한 족적을 남기는 사람들이 있다. 그들 중 상당수는 대단한 천재다. 하지만 사람들은 그들에게 천재란 수식어를 붙이지 않는다. 존경심을 담아 그 사람의 이름을 하나의 대명사처럼 사용할 뿐이다. 천재라는 단어는 그 사람이라는 대명사를 나타내는 수많은 수식어 중 하나일 뿐이지 그 사람 자체가 될 수는 없기 때문에, 오히려 그런 단어로 그 사람을 가리키는 건 어떤 식으로 보자면 모욕이 될 수도 있기에, 사람들은 그 사람을 가리켜 천재라고 말하지 않게 된다.

내겐 헤르만 헤세가 그렇다.

초등학교 5학년 처음으로 헤르만 헤세의 《데미안》을 읽었을 때 생각한 것은 이런 소설을 쓰고 싶다는 막연한 갈망이었다. 당연히 나는 헤세가 어떤 작가인지, 노벨문학상이 뭔지도 몰랐다. 그때의 내가 인지하는 세계란 학교와 집, 그리고 학교와 집 사이에 놓인 시멘트 다리 아래 개천뿐이었다. 겨울이면 그곳에 쭈그리고 앉아 얼음을 깨 송사리나 개구리를 잡는, 시골과 도시가 기이하게 공존하는 공간이 내 세상의 전부였다. 그런 내가 아는 헤르만 헤세는 학교 학급문고 한편에 꽂힌 책이었다. 헤르만 헤세는 불쌍한 사람이었다. 선생님이 학교에 기증할 책을 가져오라고 했을 때 '필요 없는 책'으로 분류되어 학교에 기증된, 주인으로부터 버려진 사람이었다. 나는 그렇게 버려진 헤세를 만났고, 그런 헤세가 좋았다. 이후 막연히 헤르만 헤세 같은 책을 쓰고 싶다는 소망, 작가의 꿈을 꾸게 되었다. 그것이 어떻게 흘러 지금의 내가 되었는가를 따지자면 또 전혀 다른 이야기가 되겠지만.

천재든 일반인이든 결국 멀리 보자면 원하는 건 한 명의 사람이 되는 거다. 나를 인정받고, 다른 사람들로 하여금 나를 "아아, 그 사람" 하고 감탄하게 만드는 거다. 그렇게 되려면 방법은 하나밖에 없다. 자기 분야로 파고드는 거다. 작가라면 해야 할 일은 당연히 지리멸렬할 정도로 읽고 쓰는 거다.

처음 독서를 시작할 때엔, 읽는 시간을 정해두면 까먹지 않게 된다. 출퇴근 시간을 이용하는 것도 방법의 하나다. 지옥철로 출퇴근을 하며 남들 사이에 치여 핸드폰을 들고 이것저것 훑지 말고 전자책을 읽는다든가, 종이책을 읽으며 문장을 수집하다 보면 재미가 붙어 저도 모르게 독서에 빠지게 된다. 그렇게 읽다 보면 아무리 거지같은 글에서라도 대단한 무언가를 하나쯤은 발견하게 된다. 나는 이 '아무리 거지같은 글에서라도 대단한 것을 발견해내는 능력'이 작가가 지녀야 할 재능이라고 생각한다. 그리고 그 재능을 갖출 때가 프로작가로 '시작하는 시점'이 아닐까.

물론, 프로작가로 성공하려면 그 '시작점'에서부터 다시 책을 읽고 글을 쓰는 수밖에 없다. 나는 언제나 내가 지금 막 '시작점'을 지나고 있다는 생각으로 독서를 하고 글을 쓴다. 그것 말고는 나보다 훨씬 오래 산, 세계의 무수한 작가들을 따라잡을 방법이 전무후무하기 때문이다. 나는 그 사실을 알고 있고, 앞으로도 잊지 않을 셈이다. 그러다 보면 어쩌면, 헤르만 헤세는 아니더라도 조영주는 될 수 있겠지.

☽

소설가의 일이라는 것이 매우 이기적이지 않나

인풋이 있으면 아웃풋이 있다. 글을 쓴다는 것은 정밀기계와 비슷해, 내가 넣은 것만큼 글이 나온다. 그런 면에서 본다면, 소설을 쓰는 인공지능이 나오는 것도 당연한 일이 아닐까 싶지만 조금만 더 생각해보면, 아주 먼 미래의 일이 될 듯하다. 소설을 쓰는 메커니즘을 인간이 확실하게 이해를 해야 그것을 인공지능에 대입할 체계가 설 것이고, 인공지능이 그 체계를 파악해야 글을 쓸 수 있을 텐데, 정말 좋은 작품을 쓸 때의 인간 뇌 메커니즘이란 게 그렇게 쉽게 이해될 수 있는 성질의 것일까.

나는 지금 이 짧은 글을 쓰면서도 단어를 끊임없이 고른다. 백스페이스 버튼을 눌러 쓴 글을 지우고 다시 적는 행위를 하는 것은 최소 세 번, 퇴고를 할 땐 수십, 수백 번 백스페이스나 딜리트를 누른다. 중요한 사실은, 내가 대체 왜 무슨 생각으로 이걸 지우는지도 이해하지 못한다는 거다. 그저 지워야 할 것 같아서 본능적으로 단어를 지우고 새로 고른다. 말하는 과정과는 조금 다른 것도 같다. 말을 하는 것은 눈으로 볼 수 없는 것이다. 기호학으로 풀이하자면 기의가 그 의미 그대로 전달되는 어떠한

형태랄까. (말을 언어로 따진다면 또 의미는 달라져 이것도 당연히 기표에 속하지마는, 여기서는 우리 머릿속에 떠오르는 상과 말을 같다고 가정한다.) 문자는 당연히 기표다. 기의를 표현할 수 있는 기표는 수없이 많고, 나는 그 수많은 기표의 의미를 되새기면서 문장을 적는다. 하나의 기의에 어울리는 기표가 단 하나만 존재할 리 없다. 긴 글을 적을수록 마음에 드는 기표의 가짓수는 늘어만 가고, 그 데이터베이스는 독서의 양이 많아질수록 더욱 더 깊고 복잡해진다. 이 메커니즘을 모두 파악한 소설을 쓰는 인간이 인공지능의 메커니즘을 이해하고 자신의 메커니즘을 그 안에 집어넣을 수 있다면 인공지능이 보다 감동적인 소설을 쓰는 일이 가능해질 것도 같은데, 문제는 소설가의 일이라는 것이 매우 이기적이지 않나. 겉으로는 많은 것에 관심이 있는 척해도 깊이 파고들어보면 결국 자신이 쓰는 글에 필요한 것만 남기고, 필요 없는 것이나 방해되는 것은 도태시켜버리는 것이 바로 소설가의 일인데, 그렇다면 과연 자기 글을 쓰느라 바빠죽겠는 소설가가 인공지능의 메커니즘을 이해하고 그 메커니즘에 도움이 될 짓을 할 수 있을까? 이건 정말이지 〈미션 임파서블〉 속편으로나 가능할 듯하다. 자, 첫 문장으로 돌아가서.

인풋이 있으면 아웃풋이 있다. 갑자기 글을 쓰고 싶어질 때가 있다. 오늘 같은 날이다. 청개구리라 손목이 마음대로 안 움직이자 글을 못 쓴다는 현실이 이렇게 감질날 수 없다. 총선이 다가오자 옥새 이야기가 심상찮다. 내일은 박빙이겠다. 당연히 다른 당 대표나 전 대표의 행보도 쏠쏠하다. 각 인물들의 과거와 현재의 생각이 어떻게 연관이 되는가 궁금해진다. 검색을 한다. 사전을 찾아보고, 그 밖의 주요 사건들의 진행을 살피다 보면 무언가를 적고 싶어진다. 브레인스토밍과 비슷하다. 처음엔 보통의 날것이다. 말 그대로 기사 그 자체를 스크랩하는 행위, 그것에 대해서 몇 마디 적는 것에 불과하다. 꿈속에서 내가 나비인가 아니면 나비가 나인가 생각하는 수준의 사고방식 그 이상도 그 이하도 아니다. 제대로 된 형식을 갖추려면 그것을 양손에 꽉 그러쥐어야 한다. 너무 힘을 줬다가 지금처럼 손목이 나가는 사상 최악의 사태가 나더라도, 그 정도로 집중해서 약간 몸을 수그리고 인상을 잔뜩 써서 미간에 주름이 접힐 정도로 모니터를 노려보지 않으면, 나는 아무것도 얻을 수 없다. 어쩔 수 없는 일이라고 이미 인정한 지 오래됐고 앞으로도 그렇게 살 듯하다.

오늘 우연히 찾아낸 정보는 오랜 세월을 묵힌 사건이다. 그 사건은 아직도 세간에서 회자된다. 관련된 사건이 또 하나 있었다. 정확히 말하자면 사건이라고 보기엔 시선이 약간 다르지마는, 지켜보는 구경꾼들의 시선이 사건 아닌 사건을 불러일으킨다. 나는 묘한 흥분에 달아오른다. 이것은 어쩌면 내가 찾던 무엇일지도 모른다는 생각이다. 다시, 첫 문장으로 돌아가서.

인풋이 있으면 아웃풋이 있다. 쌓이기만 하고 막혀 나오지 않으면 변비다. 어떤 작가는 장고 끝에 작품을 낸다. 그 결과물은 작가를 고통에 빠뜨리고, 가끔은 독자도 괴롭게 만든다. 이런 작품들 중에는 반드시 끝까지 읽어야만 우리가 왜 이런 고통에 빠져야 하는지, 그 까닭을 납득시켜주는 대작들이 있다. 덴도 아라타의 《영원의 아이》가 그렇고 마르셀 프루스트의 《잃어버린 시간을 찾아서》가 그러하며 《반지의 제왕》이 그러하다. 반대인 작품도 있다. 작가도 득도라도 한 듯 표정이 편하고, 읽는 독자도 마음이 편하다. 그러나 이는 고통보다 더하다. 작품에 빨려들어 중독되어선 다음 장을 읽지 않으면 미치게 만든다. 또 미야베 미유키의 이야기를 꺼내지 않을 수가 없다. 《모방범》이 그러하다. 조앤 롤링의 '해리 포터' 시리즈도 이야기할 수밖에 없다. (그 후의 행보는 말하지 말자.) 마지막으로, 첫 문장으로 돌아가서.

인풋이 있으면 아웃풋이 있다. 나 역시 오랜 변비에 걸린 상태다. 나는 2004년부터 무언가를 쓰고 있다. 장르는 소설이고 제목은 '흰 바람벽이 있어'인데, 지금은 또 손을 놓고 던져두었다. 쓸 때마다 개운한 맛이 없다. "지긋지긋해. 이제 다신 이 원고 펼치지도 않을 테야" 같은 생각이 들어야만, 탈고할 수 있다. 그런데 문제의 《흰 바람벽이 있어》는 단 한 번도 나에게 충족감을 주지 않았다. 이 작품을 쓰는 과정은 아주 희한하다. 이 작품에 접근하는 방식은 단 하나, 끊임없는 습작이다. 《홈즈가 보낸 편지》《트위터 탐정 설록수》《몽유도원기》《붉은 소파》《반전이 없다》 그리고 지금 쓰려고 시동 중인 소설 역시 《흰 바람벽이 있어》를 준비하던 중 낸 습작들이다. 그럼에도 불구하고 정작 《흰 바람벽이 있어》는 인풋이 쌓일 기미가 없다. 과연 이 인풋이 모두 쌓여, 내 마음에 드는 무언가를 뱉어낼지, 아직도 모르겠다.

\\\

최근엔 그래도 운이 좋았다. 《붉은 소파》와 《반전이 없다》에서 아주 조금, 그 방향성에 대한 이야기가 등장했다. 그걸 잘 따라가기만 한다면, 앞으로 쓸 다른 소설들에서 그 방향성을 뒷받침할 만한 토대가 발견된다면, 끝내 완성할지도 모르겠다. 어린 시절부터 내가 정했던 방향, 나만의 평행우주를 통해 재구성되는 《흰 바람벽이 있어》를. 그래, 이건 아주 긴 변명이다. 내가 왜 변비에 걸렸는가에 대한 쓸데없는 나불거림. 그래도 결론을 내기 위해 첫 문장으로 돌아가자면, 인풋이 있으면 아웃풋이 있다.

대관절 러-브가 뭣이던가

《붉은 소파》 초고를 쓸 때의 일이다. 그때의 나는 '글을 쓰는 게 싫고 써지지도 않으며 의미도 없고 재미도 없다'라는 생각에 사로잡혀 있었다. 어떻게든 쓰긴 써야겠으나 무엇을 해도 의욕이 나지 않자 알코올중독자가 매일 밤 맥주를 찾아 헤매듯 카카오톡에서 새벽에 깨어 있을 사람을 찾았다.

당시 새벽파가 있었다. 지금이야 연락이 끊겨서 카카오톡 프로필사진을 보며 "흠, 잘 살고 있군" 하는 정도로 만족을 하고 있지만서도, 그때엔 자정쯤 되면 다들 좀비처럼 슬금슬금 기어나와 "여전히 쓰고 있다"는 말을 두서없이 늘어놓곤 했다. 대부분의 친구들은 이러다 각자의 글을 쓰기 위해 돌아가 집중을 했으나 어지간히 혼란스러웠던 나는 그러지 못했다. A가 바쁘면 B한테 말을 시키고, B가 바쁘면 C를 집적였다가 다시 A가 연락을 해오면 A와 이야기를 하며 매일 밤을 지새우기 일쑤였다. 그러던 중 A였는지 B였는지 C였는지 아무튼 셋 중 한 명이 그러지 말고 차라리 여기다 적어보라고 했다. 나는 그러마, 했다가 카카오톡으로 줄거리를 뽑아내버렸다. 당시에는 무슨 일이 일어

초롱
그렇게 글이 안되면
초롱
차라리 이 대화창에 써보는 건 어때?
정말 그래볼까?
아그작 아그작
헉!
얼마 뒤…
진짜로 줄거리를 다 썼네!!

났는지 정확히 알 수 없었다. 어떻게 이런 일이 가능하지, 의아해하면서도 이후 글이 안 써질 때마다 몇몇 친구들에게 "카톡창 좀 빌리자"라고 말하고 두서없이 소설을 쓰는 버릇이 생겼다. 요즘 나는 D의 카카오톡을 가끔 빌려 글을 적는다. (가끔이 아니라 자주인 것 같다.) 그러다 가끔 밑도 끝도 없이 묘한 걸 물어보기도 한다. 최근 D에게 급하다며 물어본 건 이거였다.

"대관절 러-브가 뭣이던가?"

내가 쓴 소설 제목이기도 한데, 정말로 이걸 물었다.

최근 쓰고 있는 소설에는 온갖 잡사랑이 등장한다. 가족 간의 사랑부터 시작해 이성간의 사랑은 물론이거니와 동물을 사랑하는 마음, 심지어는 지구와 자기 자신을 사랑하는 마음까지 이야기하자니 매일 대체 내가 뭘 쓰고 있는 건가, 이게 정말 맞게 쓰고 있는 건가 의구심이 들 지경이다. 특히 이 중 내가 잘 이해하지 못하는 건 바로 연인 간의 사랑이다.

D에게 도대체 사랑이란 무엇이냐, 내가 연애를 하긴 했었는데 그건 순전히 연애하면 글을 잘 쓸 수 있다는 말에 혹해서였다, 라고 솔직하고 빠르게 카카오톡에 써 내려간 후 연이어 한 말은 이것이었다.

"연애, 그걸 왜 하는지 이해가 안 된단 말이다!"

그러자 한참을 지나 "지금 머리 하고 있다"라고 인증샷을 첨부하며 보내온 D의 대답에 나는 무릎을 탁 치는 깨달음을 얻었으니, 그 대답은 이랬다.

"그게 이해가 되면 사랑이냐."

개구리의 눈물

집 안을 돌아다녔다. 어딘가에 《깊이에의 강요》가 꽂혀 있을 것이었다. 초판 2쇄, 가격 4000원. 구석에 꽂혀 있던 것을 가까스로 찾아 읽었더니 그 안엔 여전히 겁을 잔뜩 먹은 어린 나 자신이 살고 있었다. 더불어 떠오른 것은, 갑자기 눈물을 흘린 친구의 얼굴이었다.

고등학교 1학년 때 연극반에 들어갔다. 친구 따라 강남 간다는 느낌으로 온 친구들도 있었지만, 정말 연극 자체에 흥미를 가진 친구들도 있었다. 개구리는 친구 따라 강남 간 경우였다. 이 친구는 눈이 툭 튀어나와서 개구리란 별명이 붙었다. 입을 삐죽거리며 멍하니 바닥 귀퉁이를 노려보는 친구의 얼굴은, 지금 생각해도 개구리와 닮은꼴이었다. 개구리는 성격이 좋았다. 말수가 적으면서도 묘하게 잘 웃고, 슬랩스틱코미디를 추구(?)하는 성격이라 은근 나와 코드가 잘 맞았다.

그런 개구리를 비롯해서 친구들이 다 함께 갑자기 파트리크 쥐스킨트에 꽂혔다. 계기까지는 떠오르지 않는다. 아마도, 누군가 학교에 또 책을 갖고 왔을 거다. 《장미의 이름》도 《무궁화

꽃이 피었습니다》도《뱀파이어와의 인터뷰》도 모두 그런 식으로 학교에서 퍼졌으니까. 시작은《향수》였다. 누군가 이 책을 읽고 재밌다 했고, 자연스레 쉬는 시간에 "뭔데 그러냐?"는 분위기가 형성되면서 한 명 두 명, 이 책을 사서 읽고 이야기를 나누기 시작했다. 고등학생 감성에 딱 들어맞았는지 이번엔 누군가《좀머 씨 이야기》를 학교에 갖고 왔다. 당연히 모두 이 책 이야기를 하게 됐다. 그중에는 개구리도 있었다.

잘 웃는 개구리, 슬랩스틱코미디를 좋아하고 표정 변화가 다양한 개구리. 개구리는 이 책을 수업 시간에 몰래 보려고 했던 것 같다. 교과서를 세우고는 그 아래 이 책을 펴 읽었고, 공교롭게도 개구리와 대각선으로 앉은 나는 그 모습을 지켜보게 됐다. 아, 너도 보냐, 어때, 이런 느낌으로 개구리의 오른쪽 뒤통수를 한참 바라보는데, 개구리가 갑자기 천천히 고개를 들어 천장을 올려다보는 게 아닌가.

처음엔 눈이 쑤시나 보다 했다. 아무래도 한참 책을 봤으니 그럴 만하다고 여겼다. 그게 아니라면 선생님께 들켰다거나. 그런데 아니었다. 개구리는 천장을 응시하다가, 눈물을 한 방울 흘렸다. 눈 끄트머리에서 차오른 눈물이 그대로 가느다란 실선을 그리며 뺨을 따라 흘렀다. 정확히 딱 한 방울. 개구리는 그 눈물 자국을 아주 조심스레, 땀을 닦는 척하며 슬쩍 손바닥으로 지웠고 나는 개구리가 결코 남에게 보이고 싶지 않은 모습을 훔쳐본 것만 같은 당황스러움에 모른 척했다.

수업이 끝나고 책을 다른 친구에게 넘기던 개구리는, 웃었

다. “재밌네” 정도의 말조차 안 하고는 웃기는 표정을 짓더니 시답잖은 농담을 주고받았다. 나는 이때의 개구리가 무척 마음에 걸렸다. 하지만 그렇다고 내가 그런 걸 봤는데 어찌 된 거냐, 같은 말은 못 한 채 한참의 시간이 흘렀다.

이때의 일이 다시 떠오른 것은 가출 소동이 일어났을 때였다. 개구리를 포함한 연극반 아이들이 집단으로 가출을 했다. 선생님은 크게 당황해 우리를 다그쳤다. 징후가 있지 않았느냐, 연락은 오지 않았느냐. 물어도 정말 아는 게 없어 모른다고 할 수 밖에 없었다. 하지만 계속 찝찝했다. 뭔가 알고 있다고 말하는 게 옳은 것 같았다. 내가 보았던 그 가느다란 눈물 자국, 어쩌면 그게 개구리가 갖고 있었던 무언가가 아니었을까 하는 생각이 들었기에.

개구리를 비롯한 친구들은 얼마 지나지 않아 돌아왔다. 학교에서는 정학 처분을 내리겠다고 했고, 당시 담임선생님은 이를 만류했다. 선생님의 은퇴를 앞당기는 걸로 없던 일로 돌리셨다. 이 사실을 안 개구리는 울었다. 살짝 운 게 아니라 통곡을 했다. 어쩐지 나는 그 통곡에 내가 알지 못하는 눈물 한 방울이 숨어 있는 것만 같아 《좀머 씨 이야기》를 곱씹었다. 개구리가 눈물을 흘리게 했던 파트리크 쥐스킨트. 이 책의 무엇이 그를 울린 것일지, 그 눈물과 지금 이 순간 흘리는 대성통곡은 어떻게 같고 다른지 알고 싶었다.

그 후, 살면서 수없이 많은 좀머 씨를 만났다. 그들은 평범하게 잘 살다가도 “나를 그냥 내버려두시오!” 같은 말을 하며 모든 것에 대한 결정을 내리지 않으려 들었다. 그때마다 내가 왜 그러냐고 물으면 하나같이 비슷한 대답이 돌아왔다. 그런 순간이 있다고, 아무것도 하지 못하는 때가 있다고, 그저 지금 이 순간 현재도 미래도 아닌 '유예'라는 연옥 같은 공간에 있고 싶으니 내버려달라고 말했다. 그리고 머지않아 내게도 좀머 씨가 찾아왔다. 20대 시절, 심한 우울증을 겪었을 때 나는 좀머 씨의 인도를 따라 연옥에 내려갔다. 그전까지 이해할 수 없었던 감정, 남들이 이야기하는 유예에 빠졌다가 가까스로 지상으로 올라왔다.

나는 여전히 개구리가 흘린 눈물의 진정한 뜻을 알지 못한다. 아마도 평생 알 수 없으리라. 나는 개구리가 아니니까. 그래도 이제 한 가지는 안다. 타인의 생각은 타인의 것이란 사실을. 타인의 속내를 알려고 드는 건 의미가 없는 동시에 의미가 있다. 그렇게 타인을 탐구하고 나 자신과 싸우며 살아가는 것이 현재를 버티는 법이란 사실을, 이런 치열한 투쟁이 유예에 빠지지 않는 법이란 사실을, 내게 있어 투쟁의 다른 말은 글쓰기란 사실을 이제는 알게 되었다.

데뷔 전에는 두려웠다. 늘 무언가 쓰고 있었지만 스스로를 의심했다. 정말 나 자신에게 작가라는 타이틀을 붙일 수 있을까 믿지 않았다. 너무 겁이 나서, 현재와 미래 사이의 유예로 숨어들었다. 이렇게 살다 죽을 셈이었다. 하지만 결국 돌아왔다. 문학이라는 미래로 나는 왔다. 내 이름을 걸고 적어버리기로 결심했다. 그리고 나는 눈물을 한 방울 흘린다. 아니 그것은 눈물을 닮은 안약이다. 거짓 눈물이다.

이 거짓 눈물이 내게 말한다. 각오를 다잡아라. 너는 한 마리 파리다. 네가 살아갈 미래엔 유예가 끈끈이처럼 곳곳에 대롱대롱 매달려 있다. 도망칠 수는 없다. 너는 너무 쉽게 다시 들러붙어 유예되리라. 하나만 기억해라. 그래도 괜찮다. 힘들면 들러붙어라. 유예해서라도 어떻게든 버텨라. 하지만 결국 이겨내라. 팔 하나가 떨어지고 다리 하나가 잘려 나가도 유예에서 벗어나라. 또 다른 유예가 곳곳에 기다리고 있는 미래로 나아가라. 그리하여 문학이란 이름의 진짜 눈물을 흘려라.

친절한 영주 씨

가끔 내일이 오지 않을지도 모른다는 불안감에 휩싸인다. 그럴 때면 내가 하는 일은 지금 이 새벽 3시 15분의 순간처럼, 어김없이 글을 쓰는 것이다. 죽을지도 모른다는 생각이 들면 후회부터 몰려든다. 미처 완성하지 못한 소설들, 마감을 앞둔 소설들, 앞으로 쓰고 싶었던 소설들, 아직 내가 모르는 이야기들을 어떻게 하면 좋을까 싶어 고민하다가 결국 일단 쓰고 본다. 언제나 그런 식으로 그저 쉽게 쓰며 즐겁게 살 줄 알았는데 이런 내게 변화가 생겨버렸다.

여행 갈 때의 나는 대부분 피폐하다. 많이 힘들거나 우울할 때 어디론가 도피하듯 떠나고 그곳에서 깨달음을 얻어 돌아오길 기대한다. 어떨 때는 많은 것을 깨닫지만, 또 어떨 때는 차라리 이대로 비행기에서 뛰어내리는 게 낫겠어 하며 좌절의 절정으로 치달은 상태로 돌아온다. 작년 봄의 여행은 둘 다였다. 나는 떠났고 무언가를 물었고 얻었으나 동시에 좌절했다. 까닭은 단순했다. 얻었으나 그것을 이루는 것은 결코 쉬운 일이 아니었으므로.

그저 쓰는 것만으로 만족할 때가 있었다. 지금처럼 잠이 들지 않는 밤 타자기 소리가 기분 좋고 그 리듬감에 두근거려서, 혹은 그날 낮에 있었던 너무나 재미났던 일을 누구에게 보여줄 것도 아니면서 그저 소중히 기록하기 위해서, 혹은 누군가에게 사랑고백을 하기 위해서 나는 무언가를 썼었다. 하지만 언젠가부터 나는 내 글에 완벽을 기하려 노력했다. 보다 빠르게 타자를 치길 원했고, 오타가 없는 정서를 원했으며, 그 후에는 문장 자체의 리듬감을 원했고, 더 나아가서는 단어 하나하나 음절 하나하나를 끊어가며 무언가를 얻고자 하였다. 나는 내가 얻고자 하는 것이 무엇인지 아직도 모른다.《꿈꾸는 책들의 도시》에서는 이것을 가리켜 "별들의 알파벳"이라고 이름 붙였다. 그것이 내가 찾는 것과 같은 것인지는 모르겠으나 적어도 비슷한 것이긴 할 게다.

나는 나도 모르는 그것을 배우고 싶었다. 하지만 그 누구도 나에게 이것을 배우는 법을 알려주지 않았다. 생각해보면 언제나 힌트는 있었다. 누군가 말했다. 네 글은 너무 만화 같잖아. 누군가는 말했다. 너무 어려워. 다른 누군가는 말했다. 네 글은 너무 불친절해. 나는 이 모든 이야기가 무엇인지 이해하지 못했다. 사람은 모두 다르다. 그리고 나라는 사람은 상대방의 말을 있는 그대로 이해하는 버릇이 있다. 만화 같다면 정말 만화 같다고 생각하고 그렇다면 만화 같은 것이 무엇인가를 생각한다. 어렵다고 한다면 무엇이 어려운가, 문장인가 음절인가 혹은 주제인가를 고민하며, 불친절하다고 하면 그 불친절하다는 사전

적 정의부터 시작해 한참을 혼란에 빠진다. 이 모든 지적이 다 같은 뜻이었다는 사실을 알게 된 것은 몇 해 전 봄의 일이었다.

5월, 대구 여행에서 한 작가를 만났다. 언젠가부터 자연스레 대구 언니라 부르게 된 이분은 내 이야기를 참으로 잘 들어주셨는데, 나는 지금도 참 희한하다고 생각 중이다. 대체 이토록 시끄럽고 동분서주하는 이야기를 어쩌면 그렇게 질리지도 않고 내버려두셨을까. 고마웠다. 이후 대구 언니와 꾸준히 교류를 하고 있다. 대구 언니는 날 잘 챙겨주셔서 글을 쓸 때면 이런저런 이야기를 잘도 해주셨고 언젠가부터 나는 자연스레 대구 언니에게 모니터링도 부탁하게 되었다.

나는《붉은 소파》의 초고 모니터링을 단 두 명에게만 부탁했다. 이 두 명은 초고를 보고 의견을 줬고, 그 의견은 말 그대로 피와 살이 되어 세계문학상을 타게 만드는 결정적인 역할을 해주었다. 첫 번째 모니터링의 조언은 "마지막 결말을 어찌할 것인가"에 대한 영감을 주었고, 두 번째 모니터링, 대구 언니의 조언은 말 그대로 "앞으로 무엇을 어떻게 써내려가야 하는가"에 대한 방향을 제시해주었다. 대구 언니는 매우 친절한 사람이자 또 내가 어떤 사람인지 아주 잘 파악한 사람이라 초등학생 대하듯 조곤조곤 말씀해주셨던 거다.

"좀 더 친절해져요."

"그게 무슨 뜻인가요? 친절해진다는 게 먹는 건가요?"

"좀 더 설명을 해주라는 거죠."

"설명이라면 뭘 어떻게 적는 건가요? 그건 먹는 건가요?"

"먹는 거 아니에요. 예를 들어 사물을 적는다면, 그 사물이 어디에 있고 왜 그곳에 있는가를 적는 게 설명이에요."

"아, 묘사인 건가요."

"네, 묘사죠. 서사이기도 하고요."

"그러니까 친절하다는 건 묘사와 서사가 늘어난다는 뜻인가요?"

"그렇죠."

"저, 제가 예전에 만화 같다거나 어렵다는 말을 자주 들었었는데요."

"네, 같은 말이네요."

나는 그제야 대학에 들어와 단편소설을 쓴 후 지난 17년간 지리멸렬하게 적어오면서도 깨닫지 못했던 결정적인 문제점이 무엇인지 깨달을 수 있었다. 이후 나는 친절해져야 한다는 말의 뜻을 아로새기며 글을 썼다. 그 결과물은, 여러분이 잘 알고 계실 것이다. 제12회 세계문학상 수상작, 《붉은 소파》. 하지만 나름 친절해졌다고 생각한 이 소설도 여전히 불친절하다는 평을 받는다. 그래서 나는 요즘 더욱 열심히 생각하며 쓴다. 친절해지자. 글을 쓸 때만큼은 친절한 영주 씨가 되자, 라고.

☽

거짓말 같은 진짜가 있다

옛날 옛적까지는 아니고, 21세기 전라도 광주에 한 여자와 남자가 살았다. 두 남녀는 흔하디흔한 소개팅으로 만났다. 남자는 여섯 살 연상의 여자에게 끌리지 않았다. 하지만 돌아가는 길, 버스에서 여자가 썼다는 책《진짜 거짓말》을 읽고는 마음이 동했다. "아, 이 여자다"가 아니라 "아, 이 책이다"라는 느낌이었달까. 그렇게 결혼. 그로부터 5년 후인 2017년 3월, 남편은 책의 재출간을 기념해 연고 없는 서울에서 아내를 위한 북 콘서트를 열었으니, 나는 남자의 감정을 대리 체험하고 싶어 문제의 책을 버스에서 읽어보기로 했다.

초등학생 진호네 반에서 거짓말 대회가 열린다. 문제는 진호가 할 거짓말이 없다는 거다. 자기 차례는 다가오는데 대체 뭘 말해야 하나, 한참 고민 끝에 진호는 눈 질끈 감고 자신의 삶을 이야기하기로 한다. 그런데 반 친구들은 진호의 사정에 "진짜 거짓말 같아요!" 소리를 친다.

진짜 거짓말이었으면 좋겠다고 자조하는 진호의 중얼거림을 들여다보자니 눈시울이 뜨거워졌다. 5년 전 남자처럼 프러

포즈를 할 정도로 작가에게 반한 게 아니라, 고3의 봄날이 떠오른 까닭이었다.

남들은 공부하느라 정신없다는 고3의 봄, 나는 대학 백일장 순례를 나섰다. 대학마다 초입부터 펼쳐지는 봄꽃의 향연에 제사보다 젯밥에 눈이 돌아갔다. "백일장보다 꽃구경"을 외쳐댔다. 이런 간사한 마음으로 다니던 백일장 순례였건만, 하루는 심사평이 웬 호랑말코 탓으로 엿가락처럼 늘어지면서 원대한 꽃놀이 계획이 흐트러지고 말았다. 심사위원 왈, 누군가 작문을 하랬더니 말도 안 되는 이야기를 지어냈다는 거다.

"어디 발칙하게 고등학생이 백일장에 와서 말도 안 되는 이야기를 적어 내나. 리얼리티가 있는 이야기를 써라."

나는 그 의견에 적극 동의하면서도 참 신기하다고 생각했다. 문제의 호랑말코가 쓴 작문인즉, "점쟁이 할아버지가 새벽에 쫄면을 먹다가 급체하여 죽는다, 이후 손 벌릴 데 없어진 손녀는 고등학교에 올라간 후 사는 게 더 고돼졌다"는 이야기인데, 그건 내가 적어낸 작문과 꼭 같았다. 이런 우연이 일어나다니.

30분 넘게 조목조목 문장까지 일일이 예시로 들며 따지는 심사위원의 이야기를 경청하자니 깨달을 수 있었다. 아, 그 호랑말코가 나였다. 내가 적어낸 일상이 누군가에겐 말도 안 되는 거짓말처럼 보인 탓으로 꽃놀이가 지체된 것이었다.

하지만 그 글은 모두 사실이었다. 할아버지는 역술인이었다. 정말 쫄면을 드시다 새벽에 급체해 돌아가셨다. 살아계실 때는 용돈깨나 주셨지만 돌아가신 후로는 손 빌릴 데가 없어져 안 그래도 좋지 않던 집안 사정이 더 나빠졌다. 새벽이면 집 앞에 빚쟁이가 찾아왔다. 엄마는 늘 돈을 꾸러 다녔다. 가스가 끊겼다. 문제의 백일장에 나가게 된 경위 역시 어디까지나 교내 문학상을 받아 학비를 면제받았으니 그만큼 대가를 치러야 한다는 마음가짐에서 비롯된 결과였다.

나는 이런 일상을 공개적으로 부정당했다. 리얼리티가 중요하다는 건 이해하겠으나 그래도 억울했다. 그게 내겐 현실이니까. 우리 할아버지가 돌아가신 것도, 우리 집이 이렇듯 힘든 것도 모두 리얼리티가 없어도 진짜라고 말하고 싶었다. 《진짜 거짓말》 속 주인공 진호처럼.

돌아가는 길, 꽃은 폈으나 구경할 마음은 들지 않았다. 바로 집에 돌아가 이러저러했다고 울며불며 어린애 난동을 부렸더니 엄마가 말했다.

"그런 대단한 사람이 네 글을 그렇게 자세히 보고 진심으로 화를 냈다니 널 눈여겨봤다는 뜻이야."

귀가 얇은 나는 바로 기분이 나아졌다. 치기 어린 생각 끝에 눈물 찍 콧물 훌쩍이며 소리도 질렀다.

"두고 봐, 내 글을 보고 진심으로 감탄하게 해주겠어!"

그때 내 작문을 보고 분기탱천했던 심사위원이 만약 어른이 되어 내가 쓴 소설을 본다면 뭐라고 할까. 어른이 되어 조금은 생활이 나아진 나는 어떻게 대답할까. 의연하게 대처할 수 있을까. 아니면 그날처럼 집에 돌아가서 난동을 부릴까. 알고 싶다.

그러니 신경림 선생님, 시간 나시면 20년 전 꽃 피던 그 봄날처럼 제 소설 좀 봐주세요. 이번엔 진짜, 거짓말만 썼어요.

\\\

중2병도 괜찮다고 말해줘

지난 2016년 이후 내게 2월 1일은 특별한 날이 됐다. 김춘수의 시 '꽃'을 빌려 표현하자면, 하나의 몸짓에 지나지 않았던 내가 세계문학상을 수상함으로써 작가로 인정을 받은 날이랄까.

세계문학상이 제정되고 11년간, 나는 단 한 번도 응모하지 않았다. 내가 쓰는 건 추리소설이니까 그런 큰 상을 탈 리 없다고 자신만만(?)했다. 수상 후에도 '탈 리 없어'는 끊이지 않았다. 주최 측의 실수였다고 사과 전화가 오는 상상을 몇 번이고 되풀이했다. 악몽이 끝난 건 시상식 직후, 통장에 상금이 입금된 걸 확인하고 나서였다.

하지만 여전히 소설을 쓰려고 마음만 먹었다 하면 '나는 안 돼'가 끊이지 않는다. 방금 전까지 손에 들고 있었던 《비수기의 전문가들》(김한민, 워크룸프레스, 2016)에 나온 말대로다. 내게 있어서 인생이란 뒤통수를 치는 무언가일 뿐이다. "인생은 원래 뒤통수를 친다. 그런 인생을 어떻게 믿나?"(140쪽)

오늘도 내 오른편엔 책 더미가 쌓여 있다. 유달리 신경이 쓰이는 책은 뭐니 뭐니 해도 지난 겨울 후배가 갑작스레 차린 출판사의 첫 책《걸어서 세계 속으로》(봄빛서원, 2016)다. 하도 폈다 접었다 했더니 책의 발문을 외워버렸다. "사람은 피곤한 상태로 태어난다. 고로 쉬기 위해 살아간다." (5쪽) 후배의 책을 내려놓고 책장으로 다가간다. 박스 세트만 쌓아놓은 칸에 가장 최근 자리 잡은 'S & M' 시리즈 박스 세트를 연다. 시리즈의 첫 권《모든 것이 F가 된다》(한스미디어, 2015) 마지막 장에 후배의 책 발문과 대구를 이룰 만한 문장이 있다. "소설은 아무것도 생산하지 않는다. 하지만 소설을 통해 미래를 생각할 수가 있다. 그리고 무엇보다 둘 다 재미있다." (502쪽) 내 멋대로 바꿔본다. "사람은 피곤한 상태로 태어나니까 쉬려고 책을 읽는 거다. 더 나아가면 평생 쉬고 싶어 작가가 되려 드는 거다. 물론 노력한다고 다 평생 쉬는 작가가 되지는 않는다."

박스 세트 위에 놓인 같은 작가의 책,《작가의 수지》를 물끄러미 바라본다. 노력해서 평생 쉬는 작가가 여기 한 명 있다. 'S & M' 시리즈의 작가 모리 히로시. 그는 개인 정원에 진짜 기차를 들여놓기 위해 소설을 쓰기 시작해서는 우리나라 돈으로 200억 원이 훌쩍 넘는 금액을 번, 기차 덕후 최종병기 같은 인간이다.

내 평생 그런 날은 안 올 거다. 중증 중2병 상태로 중얼거리며 술병을 든다. 비었다. 어느새 다음 병을 딸 차례다. 조금이라도 희망적인 생각을 해볼까 하며 든 책은 존 버거의《백내장》(열화당, 2012)이다. 첫 장에 이런 글이 쓰여 있다. "백내장을 뜻하는 '캐터랙(cataract)'은 그리스어 '카탁테스(kataraktes)'에서 나온 말로, 폭포를 뜻하기도 하고 내리닫이 창살이 드리워진 문을 뜻하기도 한다. 위에서 아래로 드리워진 차단막 같은 것, 그것이 백내장이다. 왼쪽 눈의 내리닫이 창살은 걷혔다. 하지만 오른쪽 눈의 폭포는 여전히 남아 있다.” (6쪽) 또 흉내 내본다. “왼쪽 눈의 비수기는 걷혔다. 하지만 오른쪽 눈의 우울은 여전히 남아 있다.” 아, 오늘밤은 글렀다. 뭘 읽어도 찌질이다. 더 이상 바닥을 파기 전에 누가 내게 노력하면 다 잘될 거라고 말해주면 좋겠다.

그렇게 나는 덕후가 됐다

초등학생 시절의 나는 그랬다. 반에 50명이 있다면 그중 반장 선거 후보에 들어갈 정도의 등수만 유지하면 된다는 생각으로 임했다. 공부를 뭘 그리 열심히 하나 같은 반 친구들을 우습게 보기도 했고, 그런 친구들과 대화를 나누는 건 시간 낭비라고 생각하면서도 끼워주지 않으면 왠지 모르게 자존심이 상해 독한 말을 내뱉고는 왕따를 당하기 일쑤였다. 이런 내가 자신의 열등함을 깨달은 건 중학생 때 서울로 전학을 간 후였다.

서울로 전학을 간 나는 당연히 여전히 자신만만했다. 언제나 주변 것들은 '하찮고' '우습다'는 생각이 있었기에 서울에 가도 마찬가지로 대충 지낼 셈이었다. 하지만 서울 것들은 달랐다. 전학을 가자마자 나는 외모 때문에 비웃음을 샀다. 그냥 선생님을 따라 문을 열고 들어갔을 뿐인데 반 친구들은 박장대소를 터뜨렸다. 나는 얼굴을 붉히며 가까스로 인사를 한 후 맨 뒷자리에 앉았다. 그랬다가 몇 명이 말을 붙여줘서 까닭을 알았다.

"야, 엄청 예쁜 애가 온다더니 이거 괴물이잖아."

전학생이 온다고 하면 다들 조금씩 기대하는 모양이다. 좀 예쁜 사람이 오기를 말이다. 그런데 나는 그런 기대에 전혀 미치지 않았다. 게다가 내가 전학 오는 날, 함께 전학 온 애들이 얼마 더 있었는데, 그들 중에 예쁜 애가 있었던 모양이다. 그래서 예쁜 애가 전학 온다고 기대를 했다가 덩치가 커다랗고 안경을 쓴 애가 들어와 말도 좀 더듬자 바로 비웃음을 샀던 것. 이후, 내 별명은 중학교 3년 내내 괴물이 됐다. 중2병이란 말은 괜히 나온 게 아니다. 중학생 때만큼 외모가 많은 걸 차지하는 때는 없다.

이때의 경험은 내게 입을 다무는 법을 알려주었다. 나는 말하는 게 귀찮아졌다. 사람들과 친하게 지내는 일에 점점 자신이 없어졌다. 대신 예전보다 더 많이 책과 만화책을 파고들었다. 당시엔 지금처럼 인터넷 등을 통해 영상물을 쉽게 접근할 수 없다 보니, 내가 자주 찾게 된 건 애물단지가 되었던 전집들이었다. 《만화 세계사》라든가 《삼국지》《서유기》《세계전래동화》 등등 갖가지 전집이 집에 있었고, 나는 그 책들이 이해가 안 되면 이해가 될 때까지 끊임없이 반복해 읽었다.

"독서는 삼독입니다. 텍스트를 읽고, 필자를 읽고, 최종적으로는 독자 자신을 읽어야 합니다." 서삼독(書三讀). 이 말이 괜히 나온 게 아니다. 책을 반복해서 읽다 보면, 특히 역사책이라든가 각종 예술 관련 서적들을 보다 보면 알게 되는 게 있다. 결국 모두 같은 이야기라는 것. 수학, 철학, 과학, 음악, 미술 같은 것은 인간이 지금까지 겪어온 것들을 보기 좋게 분류한 것에 불과하다는 것. 그렇다면 지금 내가 살아가는 이 인생이 무슨 의미가 있을까.

개개인의 역사라는 것은 결국 세상사의 극히 일부분에 불과하다. 그런데 왜 이렇게까지 공부를 해야 하지? 뭘 그렇게 열심히 해야 하지? 결국 인간은 죽을 뿐인데. 그래서 나는 죽음을 이해하고 싶어졌고, 키르케고르가 말한 "죽음 앞에 선 단독자"의 뜻이 알고 싶어 적당한 대학에 들어가기로 결심했다. 대학 도서관에 가면, 키르케고르가 한 말에 대한 책이 많을 것 같았다.

그렇게 적당한 수준으로 입학해 열심히 찾아간 대학 도서관에는 키르케고르에 대한 논문이 몇 개고 있었고 나는 마침내 알았다. 내가 감명을 받았던, 학창 시절 내내 의문을 가졌던 말 "죽음 앞에 선 단독자"는 잘못 표기된 것이었다. 원문은 "신 앞에 선 단독자"였다. 나는 이 논문을 보고 허탈해졌다. 안 그래도 재미 없는 인생이 더 재미가 없어졌다. 그래서 재미있는 건 뭐든 다 해보고 싶어졌다.

흥미가 생길 만한 일은 다 도전했고, 일단 겪었다. 겪고 나면 뭔가 남을 줄 알았지만 언제나 하고 나면 허무할 뿐이었다. 글 쓰는 게 재밌다는 생각이 들어서 하루 종일 글만 쓰는 날들도 있었지만 지나고 나면 늘 허무했다. 쓰고 나면 몸이 텅 빈 듯한 기분이 들어서, 그리고 내 글을 본 사람들이 내가 원하는 반응을 보이지 않아서 나는 늘 인생이 무료하다고 느꼈고 이렇게 살다가 평범하게 죽겠지, 라고 생각했다.

재작년까지만 해도 이런 생각이 머릿속에 늘 있었다. 분명 이렇게 적당히 살다 죽을 거라고, 열심히 할 필요 없다고, 글재주는 조금 쓸 만하니까 가끔 큰돈을 벌기도 하겠지, 그 정도 벌며 가늘고 길게 살자고 생각하다가 세계문학상을 탔을 때의 충격이란…… 한 마디로 표현할 수 없을 만큼 심란했다.

지금껏 단 한 번도 최선을 다하지 않았다. 대학에 입학할 때도, 연애를 할 때도, 무엇이든 내 모든 걸 바쳐 한 적은 없었다. 그저 재밌기에 한껏 즐겼을 뿐이었다. 나는 늘 적당한 수준의 보답을 원했다. 너무 큰 행운이 오면 그만큼 큰 불행도 따르기 마련이라며 스스로를 위안했다. 그런데 텔레비전 뉴스에 나올 정도의 상을 타다니 한숨부터 나왔다.

이제라도 늦지 않았으니 최선을 다하고 싶었다. 하지만 아무리 생각해도 대체 어떻게 해야 최선을 다할 수 있을지 알 수 없었다. 울 것 같았다. 정말로 울기도 했고. 그래서 일단 평소 쓰는 것보다 좀 더 집중해서 쓰기로 했다. 그랬더니 뜻밖에 글이 꽤 써졌다. 재밌다는 생각이 들어 최대한 기운을 냈고, 나보다 더 혈안이 되어 달려드는 편집자 덕에 힘도 낼 수 있었다. 하지만 늘 그렇듯 불행은 행복을 질투하기 마련이다. 나는 눈에 문제가 생겼다. 백내장이 왔다. 당장 수술을 해야 하는 상황이었다. 태어나서 처음으로 최선을 다하고 싶었는데 할 수 없었다. 눈이 잘 보이지 않는 상태로 몇 시간이고 화면을 들여다보는 일이 불가능했기에 가끔 한쪽 눈을 감은 채 퇴고를 하기도 했다. 그러면서 내가 한 일은 뼈저린 후회였다.

좀 더 많이 읽어야 했다, 좀 더 공부해야 했다, 좀 더 써야 했다, 좀 더 사람들을 만나고, 좀 더 행복해야 했다, 좀 더 슬퍼해야 했다, 좀 더 기뻐해야 했다, 좀 더 배워야 했다. 부족하다, 부족해. 너무 부족해. 이걸로 통할 리가 없어. 내가 원한 건 이런 게 아니잖아, 빌어먹을.

무사히 책을 출간한 다음 날 바로 입원해 백내장 수술을 받았다. 눈이 안 보이는 동안 잠시 후회를 잊었다. 책이 나왔다는 기쁨에 젖어 있었으니까. 하지만 퇴원을 하고 얼마 지나지 않아 차기작을 써야 한다는 사실을 떠올리자 다시 한 번 스스로에게 묻게 됐다.

“이번에야 말로 최선을 다할 수 있어? 그 최선에 만족할 자신이 있어?”

나는 확답할 수 없었다.

두려워졌다. 무엇을 쓰든 후회했다. 이 문장이 아닌데, 이 단어가 아닌데, 이보다 더 훌륭한, 그럴듯한 서술 방식이 있을 텐데, 빌어먹을. 나는 이것밖에 되지 않는 인간이었나? 지난 3년간 이런 생각을 품은 채 계속 쓰고 뒤집고 그만두기를 반복했다.

초조했다.

내가 쓰려는 글은 누구도 쓰지 않은 글이어야 한다. 그것 하나만을 믿고 써야 하는 것 아니었나. 그렇다면 어떤 일에도 타협하지 말아야 하는 것 아니었나. 배움의 길이란 무소의 뿔처럼 혼자 가는 길이 아니었나. 그런데 난 또 이렇게 겁을 먹고 반 발짝 물러서는 것 아닌가.

겁이 났다. 그리고 여전히 겁이 난다. 나는 늘 뭔가를 쓰려고 하는데, 그럴 때마다 두렵기 짝이 없다. 그것이 형태를 이루었을 때 원하는 것이 아닐 것만 같아서, 그런데도 나는 그것에 타협하고 의지해서 일단 만족하려고 들 것만 같아서, 요즘 나는 잡글 하나 쓰는 것조차 두렵다.

이런 변화가 일어난 것은 아마도 치료를 받고 있기 때문이기도 할 것이다. 예전의 나는 스트레스를 글로 풀었다. 글을 쓰다 보면 개운해졌다. 그 개운함을 느끼고 나면 나는 손을 뗐다. "됐어, 끝" 같은 기분이었달까. 하지만 요즘은 그렇지 않다. 잡글 하나, SNS 댓글 하나를 달고 나면 갈증이 사라진다. 아무리 써도 질리지 않을 것만 같았던 글이 이제는 지겹다. 막 쓰고 싶지 않다. 내가 원하는 문장이 더는 그곳에 없다. 그래서 나는 싫다. 누군가와 대화를 나누는 것이, 문자로 나누는 문답이, 통화를 하는 일이 모두 싫다. 지금 쓰는 글이 가짜라는 사실을 불현듯 깨닫는 순간이 닥치면, 아직도 다음에 써야 할 글이 무엇인지 모르겠는 순간이면, 나는 자기 안으로 파고든다. 예전의 자신감에 가득했던, 내가 세상에서 제일 잘난 줄 알았던 그 모습은 어디로 갔느냐고 스스로를 비웃으며 남의 것을 조금이라도 빼앗기 위해 모든 지식을 흡수하려 책으로 달려든다.

어렸을 때 나는 모든 사람들이 나처럼 많은 것들을 기억하고, 그것들을 뇌리에 박은 채 살아가는 줄 알았다. 하지만 대부분의 사람들은 그렇게까지 주변에 신경 쓰지 않는다는 사실을, 왜 살아야 하는지 몰라도 살아간다는 사실을 알아버렸다. 이후 나도 그렇게 살려고 노력했다. 하지만 아무리 노력해도 안 된다. 자신감을 가지는 것도 원하는 글을 쓰는 것도 소원하다. 그래서 나는 노력한다. 그래도 나는 노력한다. 그리하여 나는 노력한다. 안 된다고 하더라도 일단 노력해서 부딪쳐 깨지는 것이 삶이라고 언젠가 깨달은 이후, 그저 이렇게 아등바등하며 살아간다.

덕후가 된다.

적어도 나는, 내 머리가 남의 것을 읽고 아주 쉽게 기억할 수 있을 만큼 영리하다는 사실은 인정할 수 있게 되었으니까, 이 비상한 기억력이 아주 조금은 내 글이 좋아지도록 돕는다는 걸 알고 있으니까.

참고문헌

《새는 날아가면서 뒤돌아보지 않는다》, 류시화, 더숲, 2017

《깨끗하고 밝은 곳》어니스트 헤밍웨이, 민음사, 2016

《미래를 여는 핵의학과 함께 핵의학 외길 반세기》, 김철종, (주)새한사업, 2014

《글쓰는 여자의 공간》, 타니아 슐리 외, 이봄, 2016

《사라진 데첸버 이야기》, 악셀 하케, 대원미디어 1996

《차가운 밀실과 박사들》, 모리 히로시, 한스미디어, 2015

《나는 빠리의 택시운전사》, 홍세화, 창비, 1995

《비수기의 전문가들》, 김한민, 워크룸 프레스, 2016

《걸어서 세계 속으로 나홀로 유럽여행》, KBS 걸어서 세계속으로 제작팀, 봄빛서원, 2016

《모든 것이 F가 된다》, 모리 히로시, 한스미디어, 2015

《백내장》, 존 버거 지음·셀축 데미렐 그림, 열화당, 2012

좋아하는 게 너무 많아도 좋아

지은이 조영주
그린이 안난초
펴낸이 주연선

1판 1쇄 발행 2019년 8월 2일
1판 2쇄 발행 2020년 6월 26일

ISBN 979-11-89982-35-5 03810

편집 이진희
표지 및 본문 디자인 스튜디오진진
마케팅 장병수 김진겸 이한솔 이선행 강원모
관리 김두만 유효정 박초희

04035 서울특별시 마포구 양화로11길 54
전화 02)3143-0651~3 | 팩스 02)3143-0654
신고번호 제 1997-000168호(1997.12.12)
www.ehbook.co.kr
lik-it@ehbook.co.kr
www.instagram.com/lik_it

잘못된 책은 바꿔드립니다.

Lik-it 라이킷은 (주)은행나무출판사의 애호 생활 에세이 브랜드입니다.